30 MINUTES POUR SURVIVRE

Un texte de Bertrand Puard
basé sur un concept de Jack Heath,
auteur de la série *Countdown to Danger*,
publié avec la gracieuse autorisation
de Scholastic Australia Pty Ltd.

Tous droits réservés, y compris de reproduction
partielle ou totale, sous toutes ses formes.

© Éditions Albin Michel, 2019
22, rue Huyghens, 75014 Paris
www.albin-michel.fr

BERTRAND PUARD

30 MINUTES POUR SURVIVRE

LE TEMPLE MAUDIT DE CETHO WUKIR

Albin Michel Jeunesse

JOAS
Ce temple est mon pays ; je n'en connais point d'autre.
ATHALIE
Où dit-on que le sort vous a fait rencontrer ?
JOAS
Parmi des loups cruels prêts à me dévorer.
ATHALIE
Qui vous mit dans ce temple ?
JOAS
Une femme inconnue,
Qui ne dit point son nom, et qu'on n'a point revue.

Racine, *Athalie*

30:00

C'est un voyage de rêve, pour toi qui as toujours souhaité devenir explorateur ! Tu fais partie des cinq jeunes choisis sur dossier par le grand aventurier écossais John R. Macintosh pour participer à son expédition de l'été. Cet homme de trente ans seulement, à la carrure athlétique, est une légende vivante, et tu sais que tu vas beaucoup apprendre à ses côtés. Il n'y a pas plus perspicace chasseur de trésors que lui !

Ce n'est pas sans raison si tes copains et copines de classe te surnomment « Indiana » ou « Nate », en hommage au plus célèbre chasseur de trésors du cinéma et à celui des jeux vidéo. Tes parents voient d'un très bon œil ton idée de faire des études d'archéologie. C'est un noble métier. Oui, mais tu les as prévenus : hors de question pour toi de passer ton temps derrière un bureau dans la pénombre d'une salle en sous-sol, sans fenêtre, à épousseter de vieux fossiles et à analyser des débris de pierres.

Ce que tu veux, c'est être toujours entre deux avions, partir à l'aventure dans des lieux improbables, explorer des temples, des pyramides, des palais en ruine, infestés de créatures étranges, truffés de pièges maléfiques, que tu n'auras aucun mal à déjouer pour dénicher, après la résolution de quelques énigmes, le trésor du site, que tu confieras ensuite à un musée.

Comme John R. Macintosh, ton idole !

Et là, si tu te retrouves sur une île paradisiaque d'Asie, perdue au milieu de l'océan Pacifique et qui ne figure sur aucune carte, ce n'est pas pour te baigner dans les eaux bleues et chaudes ni pour faire du yoga sur les plages de sable fin, non, c'est pour explorer le fameux temple de Cetho Wukir.

Tu es arrivé avec le groupe ce matin aux aurores. Il avait beaucoup plu. Cela sentait la terre gorgée d'eau et l'herbe trempée... des effluves étranges, peu agréables, qui rappelaient l'odeur de la pourriture.

Ce temple est le plus imposant de l'île. Immense, il comprend quatre sanctuaires et plus de deux cent quarante pièces souterraines. Un vrai dédale ! Enfin, c'est ce que l'on a rapporté des précédentes explorations. Tu sais qu'il y a encore bien des secrets à y découvrir. On y célébrait jadis les divinités Brahma, Vishnu et Shiva. Un majestueux stûpa – un empilement de pierres – domine le temple et les soixante-douze autres stûpas en forme de cloche qui l'entourent. En plus de son architecture si particulière, Cetho Wukir est recouvert de sculptures de monstres divers et abrite de nombreuses statues de Bouddha, dont certaines semblent veiller paisiblement sur les alentours.

Cela fait plusieurs années que Macintosh souhaitait l'explorer, car l'endroit contiendrait, dans des pièces souterraines cachées, quatre trésors que personne n'a jamais trouvés. Quatre reliques, d'inestimables statues consacrées aux serviteurs animaux des quatre dieux vénérés : le cygne Hamsa, le taureau Nandi, l'aigle Garuda et le lion Simha. Et avec son groupe d'ados courageux dont tu fais partie, le célèbre explorateur compte bien y parvenir.

La consigne de Macintosh est simple : ne jamais entrer dans le temple sans lui.

– Les pièges y sont trop nombreux, la mort vous guetterait à chacun de vos pas, a déclaré l'explorateur sur un ton docte. N'oubliez jamais que vous êtes ici pour m'assister à l'extérieur du temple, et en aucun cas pour partir vous-mêmes à la chasse aux reliques...

Mais toi, tu as décidé de braver l'interdit pour montrer de quoi tu es capable. Alors tu es descendu avec les autres dans les tréfonds de Cetho Wukir par un escalier aux marches défoncées, couvertes d'une mousse noire. Grâce à ta lampe frontale, tu peux voir jusqu'à un mètre devant toi, tout au plus. Il fait froid, sous la terre. Très froid. Mais est-ce vraiment le froid, qui te fait frissonner, ou sont-ce ces pierres sur lesquelles tu marches et qui vibrent sous tes pieds ? Ou bien encore ces gravures de créatures étranges que tu remarques à la croisée des couloirs ?

Alicia, ta meilleure amie, au moins aussi vaillante que toi, a tenu à t'accompagner. Elle te saisit le bras.

– Moi, dit-elle, je compte bien ressortir du temple avec au moins une des reliques... J'ai étudié le plan et je pense savoir où se trouve celle de l'aigle.

Alicia est la plus sympa de tout le groupe. Elle vient de Berlin. Elle a de longs cheveux frisés châtains, de grands yeux marron clair, et surtout un caractère en acier trempé et un courage à toute épreuve.

Elle déplie une reproduction du plan qu'elle a elle-même recopié d'après le parchemin que vous a montré Macintosh avant de descendre dans le temple.

– Regarde, souffle-t-elle, il y a une pièce secrète par-là, ce petit carré... j'en suis certaine. Viens, suis-moi, on va lui en mettre plein la vue, à l'Écossais !

Tu sais bien que ce n'est pas prudent de quitter le groupe, mais la tentation de bluffer ton idole en lui rapportant l'une des reliques est plus forte, et tu suis donc Alicia.

Vous vous êtes éloignés du groupe, dans la direction opposée. Les autres sont loin, maintenant, mais Alicia a l'air si sûre de son coup que tu n'hésites pas et que tu la précèdes même. Une salle s'ouvre devant toi. Elle est éclairée par une dizaine de torches qui brûlent vivement.

– C'est ici que...

Mais Alicia n'a pas le temps de finir sa phrase. Ton pied droit a enfoncé une pierre du sol. Tu entends un bruit de mécanisme tandis qu'une lourde porte de pierre pivote dans ton dos.

Tu as l'impression que le temple entier a vibré. Alicia t'appelle, elle est restée derrière la cloison. Te voilà seul entre les murs de cette pièce. Tu tentes de faire basculer la cloison dans le sens inverse, mais c'est peine perdue, elle est trop massive. Tu es coincé.

Coincé et piégé. Car lorsque tu te retournes, ton angoisse est à son comble.

Va à la page 12 pour comprendre pourquoi.

`27:50`

Des flots d'une eau verte, croupie, chargée d'herbes, de feuilles et de racines, se déversent dans cette pièce par une dizaine d'ouvertures au plafond. Le débit est intense, le bruit assourdissant. Les torches brûlent toujours, mais bientôt l'eau les recouvrira et tu seras plongé dans un noir absolu.

Tu t'avances pour ne pas être douché, car l'eau, de surcroît, est glacée. Au milieu de ce qui pourrait bien être ton tombeau, tu reprends ta respiration tout en découvrant avec horreur qu'il n'existe aucune autre issue dans cette salle que celle que tu as empruntée pour y entrer et qui est maintenant close. Tu y retournes en pataugeant, l'eau continuant de monter à gros bouillons. Une poignée de secondes plus tard, tu en as déjà jusqu'aux genoux.

Tu tapes sur la pierre en appelant Alicia à l'aide, mais la jeune aventurière n'a aucune chance d'entendre tes cris, à cause du bruit de l'eau, et tes coups de poing sur la pierre sont bien trop faibles pour la briser ou même l'ébranler.

Alors?... Ton cœur n'a jamais battu aussi vite. Tu as

même la sensation qu'il veut s'échapper de ta poitrine. Dans quelle situation de dingue t'es-tu mis en suivant Alicia, au lieu de rester sur le camp, comme vous l'avait ordonné Macintosh ?

Tu reviens vers le centre de la pièce. L'eau est en passe de recouvrir les torches. Tu dois explorer le lieu avant qu'il ne soit plongé dans le noir, et vite ! Il y a forcément une façon de s'en sortir. Tu ne peux pas mourir ici et maintenant.

Tes pieds ne touchent plus le sol à présent, tu nages. Devant toi, la paroi opposée à l'entrée attire ton attention. Une petite fissure s'y dessine depuis le plafond. Elle semble s'agrandir en descendant vers le sol. Tu plonges pour le vérifier. L'eau a une odeur pestilentielle mais tu passes outre. Tes yeux te piquent atrocement, tu as l'impression que tes globes oculaires sont remplis de sable... mais tu l'aperçois ! Oui, c'est bien la fissure. Tu t'approches et tu sens, en la suivant de ta main, qu'elle s'élargit vers la base. Peut-être qu'en tapant fort du pied sur les pierres autour, tu pourrais libérer un passage. Ou bien... plutôt au moyen de cet épais bout de bois qui flotte dans les remous ! Mais un autre détail attire ton attention, cette fois sur le mur à ta droite : une inscription est gravée dans la pierre. Tu y distingues des mots qui ressemblent à du javanais, que tu ne comprends pas, ainsi que la curieuse représentation d'une sorte de singe géant, un bigfoot, aux canines et incisives particulièrement développées. L'animal a l'air menaçant, mais c'est précisément cette gravure à même la pierre qui t'intrigue, car elle te paraît sensiblement en relief. Tu pourrais appuyer dessus... mais quel en serait le résultat ?

Il te reste une demi-seconde pour prendre une décision avant que les torches ne s'éteignent et que l'eau ne monte ensuite inexorablement jusqu'au plafond.

Vas-tu utiliser le gros bout de bois pour tenter de fissurer la dalle et te frayer un passage ? Si tel est ton choix, va à la page 15.

Si tu préfères appuyer sur le relief du mur représentant ce curieux singe imposant aux dents de vampire, va à la page 61.

25:55

Le motif du singe géant en relief ne t'inspire guère. Tu préfères t'en remettre à ta force pour tenter de percer une issue dans cette salle de cauchemar.

Alors que la lumière des torches vacille, tu plonges à nouveau dans l'eau, armé de l'épais bout de bois, et tu luttes en battant des bras pour atteindre le sol. La fissure est là, large ; il te semble même que de l'eau s'y infiltre. Un espoir pour toi ! Tu manœuvres pour te placer en position verticale, les pieds vers le sol, et, tout en continuant à battre des bras pour ne pas remonter à la surface, tu commences à donner des coups de pied sur la pierre. Les premiers te paraissent faibles. Ils le sont en effet, car la pierre ne bouge pas d'un millimètre. Le temps joue contre toi : tu es en apnée, bientôt l'oxygène te manquera. Cette pensée te galvanise. Le prochain coup de pied est bien plus assuré, et tu sens enfin la pierre bouger. C'est un début. Tu tapes, tapes encore et encore. Ces efforts te font lâcher de l'air que tu avais emprisonné dans ta bouche par précaution.

Ça y est, tu es dans le noir ! Alors, tu fracasses le tronc sur la pierre. Le coup est si puissant qu'elle cède, découvrant une ouverture assez large pour te laisser passer. Mais tu n'as pas le temps de t'y engouffrer : le passage agit comme un siphon et t'aspire hors de la pièce. Te voilà tiré d'affaire, enfin presque. Tu es désormais bringuebalé sur une sorte de toboggan géant, taillé dans la pierre, qui t'entraîne dans les tréfonds d'un puits. Après plusieurs virages négociés à grande vitesse, ta glissade se termine par un atterrissage brutal sur le sol. Tu te relèves. Tu as mal au bas du dos mais, au moins, tu es vivant.

Vivant, mais prisonnier du temple de Cetho Wukir.

La pièce dans laquelle tu viens d'arriver est minuscule. Tu peux en apercevoir très distinctement les parois grâce à la lumière naturelle qui provient du puits à une centaine de mètres au-dessus de toi. L'eau se déverse toujours mais le flot se réduit peu à peu. Tu repères une échelle sur ta droite, aux barreaux de bambou. C'est la seule issue. Sera-t-elle assez solide pour te conduire jusqu'à l'extérieur ? Tu n'as pas le choix, de toute façon ; il te faut essayer. Une fois à l'air libre, tu seras sauvé, et ta mésaventure dans cette salle maudite deviendra une histoire à raconter à Alicia et aux autres aventuriers, ce soir au camp. Une histoire qui mettra en avant ton courage.

Tu poses ton pied droit sur le premier barreau de bambou, puis ton gauche sur le second... Bon, ça a l'air solide.

Tu continues ta montée sans regarder vers le sol. Ce n'est pas que tu as le vertige mais, maintenant que tu es à mi-parcours, une chute te serait sans doute fatale. Mieux vaut garder confiance et fixer la sortie.

Une vingtaine de barreaux plus haut, tu distingues une excavation dans la roche du puits. Il te semble qu'il y a là une première issue avant celle de l'ouverture, tout en haut. L'échelle branle de plus en plus.

Que vas-tu décider ?

Faire un petit saut sur le côté pour tenter de sortir du puits par cette issue ? Dans ce cas, va à la page 18.

Ou continuer, avec prudence, ta montée jusqu'à la lumière ? C'est à la page 127.

21:45

Tu prends ton élan et t'élances en direction de la cavité. Tu restes en suspens pendant deux secondes, puis tes mains agrippent la roche... mais tes baskets glissent. Horreur ! Te voilà dégringolant dans le vide ! Tu te raccroches juste à temps en plantant tes doigts dans un interstice du mur, puis tu te hisses à la force de tes bras. Tu peux enfin souffler un peu, en te félicitant de cette décision : en effet, l'échelle de bambou s'est entièrement disloquée à peine l'avais-tu quittée.

Tu ne tardes tout de même pas à t'engager dans le conduit. Il y fait froid et tu n'y vois absolument rien. Tu te guides en posant tes mains sur les parois humides. Tu commences à en avoir marre de l'obscurité. Vite, du soleil !

Et tu le trouves enfin, l'astre tant attendu, après avoir fait une centaine de pas. La caverne débouche dans une sorte de clairière. Un rapide coup d'œil derrière toi t'informe que le temple de Cetho Wukir se trouve à l'ouest, à moins de cinq cents mètres. Tu distingues clairement le dôme du plus haut stûpa, qui se dessine dans le ciel d'un bleu pur. Le soleil est enfin là et sa morsure te paraît délicieuse.

Tu es si heureux de te retrouver à l'air libre! Mais tu te jettes aussitôt à terre. Tu viens en effet d'entendre un cri. Un cri d'homme, devant toi, aussitôt suivi d'une phrase en anglais.

Ce n'est pas la voix d'un de tes camarades ni celle de Macintosh.

La voix s'éloigne et tu te relèves. Tes chaussures font un bruit spongieux à chacun de tes pas. Tu décides donc de les retirer. Mais attention aux serpents et aux araignées...

En avançant à travers les broussailles, tu découvres bientôt une seconde clairière, bien plus large que celle dans laquelle tu as émergé du temple. Là, une dizaine d'hommes ont installé leur camp : de grandes tentes vert kaki, des caisses en bois, des malles. Sur un feu cuit à la broche une sorte de porc sauvage. Les hommes sont habillés de pantalons larges et de tee-shirts vert clair.

Tu te couches à nouveau et continues d'avancer en rampant.

Qui sont ces hommes? Des aventuriers comme toi? Des explorateurs? Ou bien des contrebandiers? Des chasseurs de reliques intéressés par l'argent ou des archéologues avides de découvertes?

Impossible de trancher en les observant tandis qu'ils vaquent à des occupations bien prosaïques.

Quoi qu'il en soit, ce que tu veux, c'est retourner au temple et retrouver le groupe. Tu scrutes alors la clairière avec attention. Sur ta gauche coule une rivière. Deux rafts appartenant très probablement au camp sont amarrés à un ponton de fortune. D'après ton sens de l'orientation, le courant rapide de la rivière va dans la direction du temple. Cela pourrait être un moyen de fuir. Tu peux aussi tenter ta chance sur la terre ferme.

En fait, tu as le choix entre trois possibilités...

Si tu préfères ramper jusqu'à la rivière pour voler l'un des rafts et t'enfuir sur les flots (encore de l'eau !) en direction du temple, va à la page 28.

Si tu préfères contourner le camp pour t'enfoncer dans la jungle, puis trouver un chemin vers le temple, c'est à la page 36.

Enfin, si tu décides de jouer la partie plus franchement en entrant dans le camp pour demander de l'aide, va à la page 21.

Après tout, tu ne vois pas pourquoi ces explorateurs refuseraient de te donner un coup de main, puisque vous vous trouvez au temple de Cetho Wukir pour la même raison.

Enfin, c'est ce que tu croyais avant qu'ils ne te voient émerger des broussailles et avancer vers eux. Tes « collègues », sans hésiter un seul instant, braquent leurs pistolets et mitraillettes sur toi. Dans un réflexe, tu lèves aussitôt les mains au-dessus de ta tête.

– C'est qui, ce jeune taré ? demande en anglais l'un des types.

Au vu de la tournure des évènements, ce n'était peut-être pas la meilleure décision à prendre. Le plus costaud fond sur toi et t'assène un coup de pied dans le tibia. Tu tombes à terre en hurlant – la douleur est insupportable. L'homme te traîne vers le centre du camp et te relâche près du feu. Ta tête est à quelques centimètres à peine des braises.

La chaleur te fait reculer, tu as peur que tes cheveux s'enflamment !

Tu espères qu'ils ne vont pas te faire subir le même sort que celui du porc sauvage qui est en train de rôtir. Ils ne sont tout de même pas cannibales, hein ?

– Qu'est-ce que tu fiches là ? hurle, à même ton conduit auditif, celui qui semble être le chef de l'expédition.

On te menotte. Les gaillards ont tous rangé leurs armes et te regardent d'un air amusé, sadique chez certains. Tu t'efforces de retenir tes larmes, tu ne veux pas leur faire cette joie.

– Qu'est-ce que tu fabriques dans le coin ? demande à nouveau l'autre.

Tu réponds alors, très succinctement, que tu accompagnes le grand Macintosh. Ils se mettent tous à rire.

– Ouais, grand par la taille peut-être, mais ce n'est pas lui qui réussira à trouver les quatre reliques du temple, tu peux me croire, mon petit père ! C'est nous qui allons mettre la main dessus pour les revendre à prix d'or ! On a même déjà un acheteur, à Boston ! On va devenir riches !

Ces types sont des contrebandiers ! Soudain, tu as très peur, car il est peu probable qu'ils te relâchent, pour que tu ailles ensuite prévenir Macintosh et les autorités.

– Qu'est-ce qu'on fait ? demande le plus grand d'entre eux au chef. On l'enferme sous une tente en attendant ou on lui colle une balle dans le cigare ?

– Non, tranche le leader après s'être frotté sa barbe rousse. On va se servir de cette sale fouine pour tester les potions qu'on a rapportées du temple...

Tout le monde acquiesce. Sauf toi, bien évidemment.

Des potions ? Mais de quelles potions parle-t-il ? Tu le vois se diriger vers un coffre de bois posé devant l'une des tentes, puis revenir avec deux fioles de forme identique, sphériques à la base et effilées au goulot.

– Elles étaient au fond d'une alcôve dans une salle souterraine du temple, précise le chef. On est persuadés qu'elles nous seront utiles pour trouver les reliques, mais on ne sait pas comment. Tu vas nous aider.

La première fiole contient un épais liquide violet, presque phosphorescent, et la seconde une sorte d'eau pétillante orangée.

– Choisis et bois ! ordonne l'homme à l'épaisse barbe.

Tu refuses, alors le chef dégaine un couteau et applique la lame juste sous ton menton. Le contact glacial de l'acier te décide à t'exécuter.

Si tu choisis la potion violette, va à la page 24.

Si tu optes pour le liquide pétillant orangé, va à la page 26.

08:20

On introduit sans ménagement le goulot dans ta bouche et tu sens le liquide sirupeux dégouliner dans ton estomac. La potion a tout d'abord une atroce saveur de poisson pourri, puis, quelques petites secondes plus tard, comme un goût de banane. Curieux.

Tous les contrebandiers te fixent du regard, attendant un quelconque effet.

En vain.

Rien de spécial ne se produit en toi.

– Faut peut-être attendre plus longtemps, crache le chef.

Tu n'es pas mécontent de cette issue. Après tout, si la potion était dans l'alcôve depuis plusieurs siècles, elle s'est probablement éventée et périmée.

Mais il ne faut jamais se réjouir trop vite. Car voilà que tu commences à ressentir comme une cavalcade dans son estomac. Comme si un intrus enfermé là-dedans cherchait à s'échapper en te donnant des coups de pied depuis l'intérieur de ton corps. Et tu te mets à tressauter, ton cœur s'emballe.

– Seigneur ! hurle-t-on autour de toi.

C'est le dernier mot que tu auras entendu dans ta vie, car ton ventre se met à gonfler, gonfler, puis, fort heureusement, tu tombes dans l'inconscience avant qu'il n'explose.

PERDU !

Pour retenter ta chance, retourne à la page 18.

Le goulot du flacon de la potion est ébréché et tu sens des petits éclats de verre érafler ta lèvre supérieure. Tu ne dis rien, car tu es bien obligé d'avaler le liquide orangé. Ce n'est pas désagréable : il a un goût de soda à l'orange, mais rien de particulier, tu t'attendais à bien pire. Lorsque le flacon est vide, tu vois le chef reculer de quelques pas afin de guetter ta première réaction.

Le moins que l'on puisse dire, c'est qu'il n'est pas déçu, le bougre, comme tous les autres contrebandiers, d'ailleurs. Après une éructation, tes paupières se mettent à trembler frénétiquement, et une intense vague de chaleur envahit ton corps. Tous tes muscles sont irradiés par cette chaleur, et tu les sens grossir en toi, se tendre. Tu te lèves alors d'un bond, tel un acrobate. Puis, en écartant simplement tes bras, tu brises la chaîne des menottes.

Tes yeux sont chauds, eux aussi, comme ton visage tout entier. Ton front dégouline de sueur.

– Seigneur ! hurle le chef. Regardez ses iris : rouges comme l'enfer ! Il s'est transformé en monstre ! Abattez-le !

Les contrebandiers s'apprêtent à tirer, mais tu es déjà sur eux et les soulèves du sol pour les projeter au loin. En constatant ta transformation, les autres préfèrent fuir, et tu les entends crier en s'enfonçant dans la jungle.

Tu n'es plus vraiment maître de tes pensées. Aussi, tu te diriges vers le feu pour décrocher le porc sauvage et mordre dans sa chair à pleines dents, avant de la recracher. Tu t'acharnes sur plusieurs tentes, les détruisant, les lacérant, puis gagnes à ton tour la jungle.

Quand cette fichue potion cessera-t-elle d'agir ? Tu espères que cette transformation est temporaire, et non définitive...

Tu avances à vive allure en direction du temple. Au moins, tu te seras sorti des griffes des contrebandiers. Mais, à la sortie d'une clairière, à une centaine de mètres à peine du sanctuaire, tu sens le sol s'effondrer sous tes pas de géant. Tu es tombé dans un trou profond. Tu chutes, encore et encore, et sombres bientôt dans l'inconscience.

Va à la page 69.

Regagner le temple à bord d'un raft n'est certes pas le meilleur moyen de sécher tes cheveux et tes vêtements, mais tu juges que c'est le plus rapide et le plus discret pour retrouver tes amis. En effet, le premier de ces radeaux pneumatiques que tu as repérés est amarré derrière un banyan, un arbre imposant aux multiples troncs tordus et à l'épais feuillage vert, qui te cachera à la vue des occupants du camp.

Tu rampes donc discrètement et, tout en prêtant l'oreille aux conversations des hommes, tu entreprends de défaire le nœud qui retient le bateau à l'arbre.

Les types dans ton dos n'ont pas l'air commodes. Tu les entends répéter le nom de Macintosh, suivi d'une flopée d'insultes. Ils évoquent aussi plusieurs fois les reliques du temple. Tu en déduis qu'il s'agit très certainement d'une bande de contrebandiers qui cherchent à s'emparer des précieuses statuettes pour ensuite les revendre à un riche collectionneur. À l'opposé de Macintosh et de toi, qui souhaitez les donner à un musée et ainsi permettre au plus grand nombre de les découvrir !

Pour le moment, tu dois te concentrer sur ta manœuvre, car le nœud est très compliqué à défaire et tu dois t'acharner un certain temps avant de libérer le raft.

Voilà, c'est fait ! Tu sautes à l'intérieur de l'embarcation, dans laquelle tu trouves un gilet de sauvetage, que tu enfiles aussitôt, et deux rames. Le raft glisse déjà le long de la rive, couverte de racines. Un peu plus loin, un rapide te renvoie au milieu de la rivière

– Alerte ! crie-t-on derrière toi.

Vraiment dommage ! Il s'en est fallu de peu pour que ta fuite passe inaperçue. Tu vois les contrebandiers sortir leurs armes et se mettre à tirer dans ta direction. Tu te couches dans l'embarcation et entends les balles siffler au-dessus de ta tête. Mais le courant est fort et tu es rapidement hors de portée de leurs tirs.

Malheureusement, d'autres dangers t'attendent. Tu n'as pas donné le moindre coup de rame et déjà tu avances à une vitesse vertigineuse en direction du temple. Il va pourtant falloir que tu t'arrêtes !

Derrière toi, une embarcation avec à son bord quatre hommes armés et déterminés te poursuit.

Tu te rapproches du temple, oui, mais face à toi, la rivière se divise en deux bras : à gauche, un puissant bruit de cascade te laisse craindre une belle chute dans quelques secondes ; à droite, tout semble plus calme, en apparence.

Une nouvelle rafale, dont plusieurs balles qui viennent se ficher dans la coque de ton bateau, rappelle tes poursuivants à ton bon souvenir.

Il te faut prendre une décision à l'instinct.

À gauche, va à la page 31.
À droite, va à la page 34.

09:05

D'un puissant coup de rame, tu parviens à dévier la trajectoire de ton embarcation vers la gauche. Tu prends alors de la vitesse, de plus en plus de vitesse, et, après quelques secondes seulement, tu vois apparaître devant toi les prémices de la cascade, vers laquelle tu te diriges et qui fera basculer ton raft vers l'avant. Dans le bruit tonitruant des flots se fracassant en contrebas, tu n'entends plus les sifflements des balles. Tu te demandes alors ce qui est le plus dangereux pour toi ?

Et si la cascade s'avérait vertigineuse, haute de plus d'une centaine de mètres ? Et si tu ne survivais pas à cette chute ?

Trop tard pour y penser. Pour faire marche arrière. Et même pour arrêter ton raft.

Tu prends encore de la vitesse, et te voilà au point de basculement. Tu lâches la rame et agrippes de toutes tes forces les poignées du bateau.

Alea jacta est ! Le sort en est jeté, comme disait l'autre.

Tu as l'impression d'être à bord d'une de ces attractions aquatiques de parc à thème, sauf que là, c'est ta vie qui est en jeu !

Et tu chutes, tu chutes ! L'air est tellement humide que tu ne peux pas garder les yeux ouverts. Tu as la sensation que ton cœur remonte jusque dans ta gorge. Tu hurles !

Et puis *PLAF !* Le raft atterrit tout en bas, à la surface de la rivière, au pied des rapides. Tu te retournes et tu prends conscience de la hauteur de la cascade que tu viens de dévaler. C'est incroyable ! C'est fou ! Tu tâtes tes bras, tes jambes : tu as l'air sain et sauf !

Ce qui ne sera pas le cas de tes poursuivants, à la dégringolade desquels tu assistes en direct. Eux n'ont pas ta chance – ou ta maîtrise – et, au milieu de leur culbute, tu vois leur raft se retourner et ses quatre occupants tomber à pic dans les eaux tourbillonnantes.

Tu ne t'éternises pas et tu continues ta route. Le temple est en vue. Tu diriges le raft vers la rive afin qu'il s'emprisonne dans les robustes racines d'un banyan. Tu as hâte de retrouver la terre ferme, et cette fois pour de bon !

Quel n'est pas ton bonheur, en marchant vers le temple, lorsque tu aperçois Alicia, qui fonce vers toi, les bras grands ouverts, avec sur ses talons ton idole, le grand Macintosh !

00 : 00

Tu as survécu ! Il te reste à retourner dans le temple de Cetho Wukir pour trouver une ou plusieurs de ces fameuses reliques !

08:20

Tu dégaines la rame et, d'un coup net et adroit dans l'eau vive, tu parviens à infléchir la trajectoire du raft vers la droite et ce bras de rivière qui te semble bien plus paisible que l'autre. Ici, la descente se fera progressivement, et non le long d'une cascade vertigineuse. Cependant, le courant n'est plus aussi rapide qu'auparavant et tu dois pagayer pour te relancer. Un rapide coup d'œil derrière toi t'informe que tes poursuivants ont gagné quelques mètres sur toi. Tu redoubles d'efforts mais, assez vite, ton raft se trouve bloqué par un amas de feuilles épaisses et de racines qui encombrent la surface de l'eau.

Misère ! Te voilà à l'arrêt ! Les sifflements des balles reprennent tout autour de toi. Tes ennemis foncent dans ta direction et ils sont si proches à présent que tu peux même voir le rictus de haine qui déforme leurs visages.

Ton raft empêtré, tu n'as plus d'autre solution que de te jeter à l'eau et de nager en direction de la rive. Tu gardes la tête sous l'eau pour ne pas être repéré, mais c'est peine perdue. Une douleur te ravage le pied droit et tu ne peux faire autrement que de sortir la tête de l'eau pour crier.

On vient de te mordre le pied. Et ton agresseur remonte à la surface en même temps que toi. C'est un puissant dragon de Komodo. Le reptile carnivore darde une fois sa petite langue effilée avant d'ouvrir sa gueule en grand.

Au fond, tu ne sais pas ce qui t'ôte la vie : la morsure du dragon de Komodo, qui s'est jeté sur ton cou, ou bien la dizaine de balles qui te perforent le corps tout entier ?

Peu importe, à vrai dire, car tu as...

... PERDU !

Pour retenter ta chance, retourne à la page 18.

17:20

La prudence t'a toujours semblé être la principale qualité d'un explorateur s'il ne veut pas mourir bêtement au cours d'une expédition. Tu es déjà passé suffisamment près de la mort, dans cette pièce close qui se remplissait d'eau, pour ne pas te faire repérer par ces types qui, s'ils sont des contrebandiers, n'hésiteront pas un seul instant à t'abattre.

Tu décides donc de ramper dans les broussailles, sans jamais te faire voir du camp. Ce n'est pas facile, parce que ton avancée s'accompagne de multiples bruits et que tu dois faire des pauses régulières pour reprendre ta respiration et t'assurer que tu n'as pas été aperçu.

Ta persévérance paie à la fin, car tu parviens sans encombre de l'autre côté de la zone dangereuse. Personne ne t'a vu, tu n'as entendu aucun signal d'alarme. Tu ne te relèves pas tout de suite pour autant et tu restes allongé sur une cinquantaine de mètres avant de te remettre sur tes deux pieds. Tu peux respirer ! Car tu es parvenu à éviter non seulement ces types louches, mais également les araignées et les serpents de la jungle de Cetho Wukir, qui auraient pu facilement profiter de ta vulnérabilité en position allongée pour t'infliger une blessure mortelle.

Il est temps de prendre la direction du temple pour y retrouver Alicia, Macintosh et les autres. Tu as hâte de te sentir à nouveau en sécurité. Il te suffit pour cela d'avancer vers le plus haut dôme de Cetho Wukir, qui se trouve devant toi.

Mais, à un certain moment, le chemin de fortune que tu empruntais dans la jungle s'arrête, et te voilà au bord d'un précipice. Tu te penches : il n'est pas très haut ; tu pourrais d'ailleurs le descendre à mains nues, et ce serait le chemin le plus court pour rejoindre tes amis. Le hic, c'est que tu ne sais pas vraiment sur quoi tu atterrirais en bas.

À toi de décider...

Vas-tu descendre le précipice en direction du temple ? Dans ce cas, va à la page 38.
Ou bien le contourner en te rendant à la page 40 ?

08:15

Tu poses tes pieds en contrebas sur la paroi, puis tu agrippes des cavités dans la roche orangée pour assurer ta descente. Fort heureusement, la pierre est solide et n'est absolument pas friable. Tu te rends compte que le chemin ne sera pas très long et que la jungle reprend en dessous. Pas de réel danger à l'horizon, si ce n'est...

Un petit serpent violet qui s'était caché dans l'un des trous de la roche. Tu l'entends siffler et tu parviens à ôter ta main une fraction de seconde avant qu'il ne sorte ses crocs. En lieu et place de ta chair, le reptile trouve la roche, se cogne et en reste étourdi. C'est tant mieux ! Tu reconnais un *Bungarus multicinctus*, contre lequel Macintosh vous avait mis en garde lors de la préparation de votre mission à Cetho Wukir, en raison de l'extrême toxicité de son venin. Tu as tout de même eu chaud !

Arrivé à deux mètres du sol, tu n'hésites pas à sauter, puis tu cours carrément en direction du temple. Lorsque tu émerges de la nature dense, c'est avec un profond sentiment de joie que tu aperçois la haute silhouette de Macintosh, qui regarde vers toi à travers ses jumelles.

Il se trouve devant l'entrée du temple, avec tous ses jeunes aventuriers en cercle autour de lui. Bientôt, vous serez à nouveau au complet.

– Ah ! Te voilà ! lâche l'explorateur dans un souffle. Nous nous faisions un sang d'encre à cause de toi !

Ton idole te serre fort dans ses bras, puis c'est au tour d'Alicia de t'étreindre. Tu vas en avoir, des histoires à leur raconter !

00 : 00

Tu as survécu ! Il te reste à retourner dans le temple de Cetho Wukir pour trouver une ou plusieurs de ces fameuses reliques !

Tu préfères ne pas te risquer à descendre le long de cette paroi rocheuse qui te paraît bien friable. Te casser bêtement le cou après toutes ces épreuves, ce serait dommage !

Tu décides donc de contourner le précipice vers la droite, où un chemin se dessine.

Deux cents mètres plus loin, après avoir traversé une jungle de plus en plus touffue et moite, te voilà arrivé dans une clairière obscure. Là, le chemin semble s'arrêter. Tu avances un peu pour voir ce qu'il en est. Tu hésites à faire demi-tour, car tu ne vois pas très bien comment gagner le temple par ce côté-ci. Ton sens de l'orientation te fait défaut à cet instant.

Tu hausses les épaules, t'apprêtant à revenir sur tes pas, lorsque tu aperçois devant toi une sorte de petit muret sur le sol, des pierres et des cailloux rassemblés et empilés par quelqu'un. Tu t'approches pour les examiner, tu te penches pour saisir l'une de ces pierres très blanches, inattendues à cet endroit, quand...

Tu ressens une très vive douleur à ta main.

Tu bondis en arrière et remarques alors, non loin de ton poignet droit, deux points rouges, comme des petites piqûres. Et puis tu découvres, avec horreur, l'identité de ton agresseur, qui déguerpit sans demander son reste pour aller se réfugier sous des feuilles.

Une *Haplopelma schmidti*! L'une des araignées les plus venimeuses au monde. Tu distingues son corps jaune et ses pattes beiges et velues.

C'est d'ailleurs la dernière – et atroce – vision de ton existence.

Car tu es aussitôt pris d'intenses convulsions qui te projettent sur le sol avant que, cinq secondes plus tard, ton cœur ne te lâche irrémédiablement.

PERDU !

Pour retenter ta chance, retourne à la page 18.

Tu es donc sorti du temple de Cetho Wukir, oui, on peut dire cela. Comme on pourrait dire l'inverse : tu te trouves entre quatre murs, ou plutôt dans une sorte de jardin, un enclos recouvert d'épais branchages et de milliers de feuilles qui servent de toit à cette salle singulière. Les végétaux laissent filtrer la douce lumière du jour, qui n'est pas aveuglante, bien au contraire.

Vu du ciel, sur une photographie de satellite, cet endroit doit apparaître comme un espace de verdure, une forêt, alors qu'il n'en est rien en réalité.

Lorsque tu pénètres un peu plus dans ce jardin, et plus particulièrement lorsque tu foules pour la première fois le parterre de gazon joliment entretenu, l'ouverture par laquelle tu es entré coulisse. Tu te précipites pour la bloquer, en vain. Te voilà donc prisonnier ! Tu fais le tour du jardin au pas de course, sans voir aucune autre issue.

Ton premier réflexe serait d'escalader les murs pour gagner les branches d'un des banyans, ces grands arbres qui veillent sur le temple, puis atteindre sa cime et redescendre de l'autre côté de l'enceinte.

Mais ton sixième sens te souffle de te montrer prudent, très prudent même. Les murs en pierre lisse de ce jardin te semblent dangereux. Pas seulement parce qu'ils n'offrent aucune prise pour l'escalade, mais aussi parce que tu te rends compte que la pierre est parsemée de minuscules interstices, qui ne sont pas visibles de loin.

Tu décides alors de faire un test. Tu avises une branche morte de banyan qui traîne sur le sol. Tu te places face au mur de droite et tu lances la branche contre lui, en position verticale.

Aussitôt, une centaine de dards d'une trentaine de centimètres de long jaillissent des pierres et embrochent la branche jusqu'à la déchiqueter. Si ç'avait été toi, c'en était fini de ton existence...

Donc, tu ne peux pas escalader ces murs.

C'est alors que tu remarques la présence d'une petite table au centre du jardin. Tu as d'abord cru qu'il s'agissait d'une fontaine, mais en fait c'est un autel. Une tablette en pierre est posée dessus et, très étrangement, les inscriptions ne sont pas en javanais, ni dans une autre langue habituelle du temple de Cetho Wukir, mais en français, ta langue maternelle.

Tu saisis la tablette, qui est très lourde, la retournes et en découvres le contenu :

Autel des énigmes n° 1

C'est l'heure du « t ».

Complétez les deux phrases en écrivant les chiffres en lettres.

À l'intérieur de ce triangle, la lettre « t » est présente —— fois.

À l'intérieur de ce rectangle, la lettre « t » est présente —— fois.

Mettez côte à côte les deux chiffres trouvés, et vous obtiendrez le nombre qui est le résultat de l'énigme.
Vous avez 60 secondes, pas une de plus !

Dès l'instant où tu as soulevé la tablette, tu as vu que du sable s'était mis à couler d'une clepsydre fixée sur la droite de l'autel.

Tu comprends alors qu'il va te falloir résoudre cette énigme pour sortir du jardin par une porte dérobée qui s'ouvrira aussitôt la solution trouvée.

C'est donc à toi de jouer. Rends-toi à la page portant le numéro de la solution.

Comme tu t'en doutes, une fois les 60 secondes écoulées, il n'adviendra certainement rien de bon pour toi. D'ailleurs, si tu ne trouves pas la solution, va à la page 131 pour en avoir la confirmation.

20:20

Tu ne t'es jamais servi d'un tel attirail et tu connais tes limites. Tu informes donc l'archéologue que tu n'actionneras aucune arme. Tu l'entends rugir dans le micro, mais il ne perd pas son sang-froid pour autant et commence à effectuer quelques manœuvres audacieuses avec l'hélicoptère afin de ne plus se trouver dans la ligne de mire des contrebandiers. À cet instant, tu te dis qu'il ne serait pas inutile d'apprendre à piloter un tel engin dans le futur, puisque tu es bien décidé à consacrer ta vie entière à la chasse aux trésors et aux reliques.

Les balles pleuvent derrière vous, de gros calibres ; plusieurs atteignent la carlingue, et l'une d'elles fend même la vitre près de toi. Le danger – de mort – est passé à seulement quelques centimètres de ton front.

L'archéologue abaisse le levier, ce qui a pour effet de faire descendre l'hélico à toute allure. Une alarme stridente se fait entendre dans le cockpit. Il relève alors le levier, tout en appuyant sur deux boutons clignotants.

Une nouvelle rafale atteint le rotor arrière. Le choc vous secoue, mais le pilote parvient à rattraper le coup.

– Il faut se poser, déclare-t-il. Leur hélico n'est pas équipé pour le combat au sol. Se poser et se fondre dans la jungle.

Tu commences à avoir mal au cœur et la sensation que le combat est bien mal engagé. Et ce n'est pas un écran de fumée qui va arranger vos affaires. Tu n'es pas dans un jeu vidéo, mais dans la vraie vie ! Pas de seconde chance après un « *game over* », c'est la mort ! Alors autant agir avec prudence – une grande prudence, même...

Votre hélicoptère ne se trouve plus au-dessus du temple de Cetho Wukir mais file par-dessus les banyans, ces hauts arbres qui composent majoritairement la jungle de l'île.

– Là ! s'écrie le pilote en désignant successivement deux points à l'horizon : une clairière sauvage au cœur de la forêt et les tentes d'un camp installé près d'une rivière.

– Qu'est-ce que tu en penses ? demande-t-il. Quel site te paraît le plus sûr pour atterrir ? Observe bien et dis-le-moi vite !

Le camp te semble plus accessible parce que l'espace y est plus dégagé, et puis la rivière est proche, pour éventuellement fuir en raft. D'un autre côté, le camp est peut-être habité... par un autre groupe de contrebandiers ! Vous seriez plus tranquilles en plein milieu de la nature.

Alors ? Le pilote donne des signes d'impatience, il attend ta réponse...

La clairière dans la jungle ? Va à la page 51.
Ou bien le camp dégagé près de la rivière ? Va à la page 49.

12:25

C'est ton choix, et le pilote semble l'approuver, car tu le vois aussitôt hocher la tête et actionner le manche de commande ainsi que divers boutons sur le tableau de bord. Des diodes se mettent à clignoter de partout et les deux rotors de l'appareil vrombissent plus fort que jamais. Votre appareil ne descend pas par palier mais violemment, comme propulsé vers le sol. L'archéologue parvient pourtant à le redresser de justesse et vous évite le crash. Les barres du train d'atterrissage heurtent la terre battue, puis l'engin se stabilise. Le Français coupe aussitôt les moteurs.

Il enlève son casque et tu vois pour la première fois son visage. Il est jeune, lui aussi – une trentaine d'années tout au plus. Il est en nage.

– Merci pour ton aide, souffle-t-il en te tendant la main.

Mais il se fige subitement alors qu'un coup de feu claque tout près de vous.

Le pilote s'affaisse sur son siège, mortellement touché. On vient de lui tirer une balle dans la tempe droite. Tu constates alors que le camp est bien habité par une dizaine d'hommes à la mine patibulaire, qui braquent tous leurs armes dans ta direction. Que faire ? Te décider vite. Prendre le dossier qui contient le plan du temple et sauter hors de l'hélicoptère pour fuir ! Pas réaliste ! Ils sont trop nombreux, et toi, tu es seul.

À peine as-tu posé un pied à terre qu'un déluge de feu s'abat sur toi. Non seulement tu ne trouveras jamais les quatre reliques du temple de Cetho Wukir, mais les contrebandiers, eux, grâce au plan de l'archéologue, les trouveront même avant Macintosh ! Double peine pour toi...

PERDU !

Pour retenter ta chance, retourne à la page 42.

Il te paraît bien plus prudent de se poser dans la jungle. Même si la manœuvre s'annonce plus audacieuse pour le pilote, au moins n'y ferez-vous pas de mauvaises rencontres. Des serpents, des araignées, oui, peut-être, mais pas de contrebandiers.

L'archéologue sue à grosses gouttes sous son casque. Il se concentre au maximum pour réussir cet atterrissage délicat en raison du petit espace disponible dans la clairière et aussi des tirs ininterrompus de vos ennemis venus du ciel.

Tu n'es pas des plus rassurés. Il peine, hésite, corrige sans cesse sa trajectoire. Il veut se poser une première fois, mais son approche est trop rapide et il doit remettre le rotor en marche forcée. Tu l'entends crier de rage dans le casque, mais tu t'efforces de maîtriser tes tremblements. Toi, tout ce que tu veux, c'est survivre.

La seconde tentative, fort heureusement, est la bonne. L'hélicoptère ne « se pose » pas, à proprement parler : il heurte le sol, et le pilote te crie dans son casque de sortir le plus vite possible de l'engin, sans attendre que les moteurs s'arrêtent. Tu découvres alors pour la première fois son visage juvénile et ses longs cheveux blonds. Il doit avoir à peine dix ans de plus que toi.

Belle intuition de sa part ! Car, cinq secondes après le contact avec le sol, l'arrière de la machine prend feu et embrase la cabine tout entière.

– Ma carte du temple ! halète l'archéologue. Je dois la récupérer !

Il se lance dans la fournaise, mais une seconde explosion se produit, projetant ton compagnon d'aventure en arrière. Plus question de récupérer les plans, ils sont partis en fumée. Dommage. Heureusement, l'archéologue n'a subi que des brûlures superficielles au visage.

Vous vous enfoncez alors dans la jungle. La couverture des hauts arbres vous protège des tirs ennemis et vous ne tardez pas à entendre l'hélicoptère s'éloigner. Les contrebandiers renoncent.

Et toi, tu peux savourer ta victoire !

00 : 00

Tu as survécu ! Il te reste à retourner dans le temple de Cetho Wukir pour trouver une ou plusieurs de ces fameuses reliques !

22:00

Tu ne vas pas te laisser tirer dessus sans réagir. Si l'un des deux hélicoptères doit continuer à voler, c'est bien celui dans lequel tu es assis, et non celui de tes ennemis ! Tu informes donc le pilote que tu vas effectivement avoir recours aux armes.

Tu l'observes tandis qu'il entame un demi-tour pour te positionner face aux contrebandiers.

– Maintenant ! hurle-t-il.

Tu presses avec énergie le bouton de droite sur le boîtier de commande, et aussitôt la mitrailleuse avant se met à cracher des centaines de cartouches dans la direction de vos ennemis. Tu ne sais pas si tu les as touchés. Le pilote fait piquer la machine, avant de la redresser afin que tu puisses viser l'arrière de la leur.

– Eux n'ont pas d'arme à l'arrière, ils sont désavantagés, sur ce coup-là ! Feu !

Le pilote adverse tente lui aussi de se retourner, mais tu presses le bouton de gauche, envoyant alors une multitude de projectiles dans sa direction. Ton sixième sens te fait presser à cet instant le bouton du centre, qui lâche un épais nuage de fumée noire dans votre sillage. L'engin ennemi n'a d'autre solution que de foncer droit dedans. L'archéologue effectue une manœuvre audacieuse pour vous remettre face au temple. Tu vois alors vos poursuivants perdre le contrôle de leur appareil, qui part en vrille et se fracasse sur le sol en explosant. Fort heureusement pour les contrebandiers, ils ont pu s'éjecter en parachute une trentaine de mètres avant l'impact.

– Maintenant, il faut se poser, souffle ton pilote.

Il te tend sa main pour un check. Tu t'exécutes, mais ta joie n'est que de courte durée... Une diode rouge se met à clignoter au-dessus de ta tête, accompagnée d'une sirène d'alarme particulièrement stridente.

– Le réservoir a été touché! t'informe ton compagnon d'aventure. On n'a pas d'autre choix que de se poser *fissa*!

Fissa, ce n'est pas encore assez vite : votre hélicoptère part à son tour en toupie.

– Je n'ai qu'un seul parachute à bord! hurle le pilote.

C'est de toute façon trop tard. Votre engin n'a plus assez de puissance et tombe à pic.

– Saute! ordonne l'archéologue. Prends le plan du temple et saute! Je vais me débrouiller!

Tu ne demandes pas ton reste et tu enfiles le parachute. Tu sautes en oubliant le plan... *in extremis*! Tu as juste le temps d'ouvrir le parachute pour ne pas t'écraser au sol. Contrairement à l'hélicoptère, qui se crashe dans une gerbe de flammes et de fumée, à une trentaine de mètres de toi.

Tu cours à toute allure pour tenter de sauver l'archéologue. Tu le vois qui essaie de ramper hors de l'appareil en feu. Il n'a plus son casque mais porte un sac à dos. Il paraît salement touché. C'est à cet instant que tu t'aperçois qu'il n'est pas vieux, la trentaine tout au plus. Mais quel courage déjà ! Vous êtes faits pour vous entendre.

Tu l'aides à se relever et à fuir au plus vite la carcasse de l'hélicoptère, qui menace d'exploser à nouveau.

– Mon plan, il est perdu, souffle-t-il.

Son visage est brûlé et il semble avoir une profonde blessure à la jambe. Après une dizaine de mètres parcourus dans la jungle, vous vous retrouvez devant ce qui ressemble à l'ouverture d'une grotte souterraine. Le temple de Cetho Wukir est un peu plus loin, à moins d'un kilomètre. Vous pouvez distinguer le plus haut des stûpas dans le ciel.

– Installe-moi dans la grotte, dit le pilote blessé. J'ai ce qu'il faut dans mon sac à dos pour me faire un garrot et j'appellerai les secours avec mon smartphone en leur donnant les coordonnées du lieu. Ça capte, ici.

Tu hoches la tête mais tu n'es pas entièrement convaincu. Peut-être serait-il plus judicieux de soutenir l'archéologue afin de rejoindre le temple, où Macintosh serait en mesure de le soigner.

Que décides-tu ?

D'accéder au souhait de ton compagnon et de l'installer dans la caverne ? Dans ce cas, va à la page 59.

Ou bien d'insister pour qu'il regagne le temple avec toi afin d'être secouru plus rapidement ? C'est alors à la page 57 que ton aventure continue.

11:15

Tu expliques au pilote que son idée n'est pas la meilleure, c'est trop aléatoire. Sa blessure est trop sérieuse pour qu'il attende les secours avec un simple garrot.

– Comme tu voudras, souffle-t-il, pas vraiment enthousiaste à l'idée de marcher, même avec ton assistance, alors qu'il souffre le martyre.

Tu l'aides du mieux que tu peux, le soutenant sous une épaule afin d'alléger le poids pesant sur sa jambe blessée. Vous marchez dans la jungle dense qui s'étend aux portes du temple. Parfois, il vous faut vous arrêter pour percer votre chemin à travers les épais branchages, les arbustes et les plantes. Et puis il y a tous ces bruits étranges d'oiseaux et d'autres animaux.

À mi-parcours, vous faites une pause pour reprendre des forces.

– Merci, te dit ton compagnon. Au fait, je m'appelle Solal.

C'est bien de savoir son nom, car tu pourras ainsi le nommer devant tes camarades lorsque tu leur raconteras le moment d'horreur qui survient à cet instant précis. Solal, debout contre un tronc d'arbre, est subitement aspiré vers l'arrière. Il pousse un cri et disparaît. Tu te précipites alors vers l'arbre et te retrouves face à face avec trois énormes dragons de Komodo qui s'étaient cachés sous des feuillages. Le plus gros d'entre eux est en train de se repaître de ton ami.

En fin de compte, cela ne te servira à rien de connaître le prénom de l'archéologue. Car les deux autres créatures, jalouses de ce festin, se ruent vers toi pour te dévorer en toute tranquillité.

PERDU !

Pour retenter ta chance, retourne à la page 127.

19:15

Tu aides ton nouveau compagnon à s'installer sur le sol, juste un peu en retrait de l'entrée de cette caverne qui semble immense. Vos voix résonnent entre les parois de pierre.

– Au fait, je m'appelle Solal, dit-il. Merci pour ton aide.

Tu te présentes à ton tour et tu déclares avec fierté faire partie de l'expédition du célèbre aventurier Macintosh.

Solal semble dépité.

– C'est peut-être à lui que j'aurais confié mon plan du temple de Cetho Wukir afin qu'il trouve les quatre reliques... Malheureusement, mon seul et unique exemplaire est parti en fumée dans l'hélico !

L'archéologue, en plus de savoir piloter ces engins volants, a l'air d'avoir également des rudiments de médecine. Il sort de son sac à dos de quoi se faire un garrot et, aussitôt, sa blessure à la jambe s'arrête de saigner. Il prend un cachet et sort son smartphone. Après avoir obtenu la communication, il parlemente en anglais avec un opérateur et indique très précisément les coordonnées de la caverne.

– Ils seront là dans vingt minutes à peine, déclare le jeune scientifique, qui sourit pour la première fois depuis votre rencontre.

Tu peux souffler. Tu sais Solal à présent hors de danger. Les secours ne vont pas tarder. Pendant la conversation téléphonique, tu as attentivement scruté le fond de la caverne, sans vraiment parvenir à l'apercevoir. Tu annonces alors à Solal que tu vas explorer le lieu un peu plus loin pour vérifier s'il est sûr.

Il te remercie à nouveau et tu commences alors à t'enfoncer dans la caverne.

L'obscurité est presque totale et, au détour d'un chemin, tu ne vois pas assez tôt le trou dans le sol. Tu y tombes, tu glisses, tu roules dans une terre meuble. Tu suffoques. Encore une riche idée que tu as eue, de t'aventurer dans cette caverne !

Va à la page 146 pour voir où ton roulé-boulé forcé va prendre fin...

26:05

C'est très audacieux de ta part, car, même si la gravure murale du singe géant est bien en relief, imaginer qu'en appuyant dessus tu déclencheras un mécanisme qui te sauvera de la noyade... Enfin, bon, tu as décidé de t'en remettre à ton instinct. Et puis tu ne te vois pas plonger jusqu'à la fissure et faire des acrobaties pour déloger de vieilles pierres avec tes pieds.

Tu t'approches donc de la représentation du singe aux dents de vampire. L'animal est terrifiant. Il a été sculpté avec moult détails et tu as l'impression que l'artiste a pris le temps de ciseler chacun de ses poils. Du temps, toi, en revanche, tu n'en as pas. L'eau est encore montée, et son niveau affleure dangereusement les torches. Tu ne donnes pas cher de ta peau, une fois plongé dans l'obscurité.

Tu prends alors ta respiration et presses de toutes tes forces le bas-relief. Il ne se passe rien. Mais tu persévères car tu as senti sous tes doigts un infime mouvement, comme une vibration. Les trois torches situées dans ton dos viennent de s'éteindre, dans un chuintement. Celles devant toi seront bientôt immergées. Tu appuies à nouveau, tes deux mains jointes par les pouces, en poussant un cri, car tu as l'impression que tes phalanges vont exploser. Tu bois la tasse. Une nausée monte en toi, l'eau a un terrible goût de pourriture. Mais tu as senti le singe s'enfoncer de quelques millimètres. Une dernière poussée, désespérée, et là le mécanisme se met en branle.

La sculpture du bigfoot est avalée par le mur tandis que tu entends un bruit tonitruant au-dessus de ta tête. L'une des pierres constituant le plafond est en train de coulisser ! La pièce n'est plus close. Tu reprends espoir à la seconde même où la dernière torche s'éteint. Te voilà dans une terrible noirceur. Mais la liberté est au-dessus de toi. Il te suffit de te laisser flotter juste au-dessous de l'ouverture dans le plafond, et la montée de l'eau te portera automatiquement vers la sortie.

Sauf que tu ne vois plus cette sortie et que tu es bringuebalé dans tous les sens par les flots. Tu te bats pour garder la tête hors de l'eau. Ton crâne cogne plusieurs fois le plafond, tu n'es donc pas sous l'ouverture. Il te faut bouger, sinon tu vas mourir noyé. Tes mains tâtent le plafond, à droite, à gauche. De l'eau croupie s'infiltre sous tes paupières.

Ça y est ! Tu sens le vide en tendant les bras. Tu cherches la paroi pour t'y hisser et tu y parviens. Te voilà dans une nouvelle pièce du temple. Mais pas au sec pour autant, car l'eau continue dangereusement de monter par l'ouverture que tu as déclenchée. John Macintosh vous avait prévenus : dans un temple tel celui de Cetho Wukir, les dangers se succèdent toujours, qu'ils soient variés ou similaires. Les bâtisseurs n'ont reculé devant rien pour protéger les quatre reliques. Sauf que toi, c'est ta vie que tu cherches à sauver, pas les reliques.

La pièce dans laquelle tu te trouves est en tout point identique à la précédente. À une exception près : elle n'est pas fermée ; il y a deux ouvertures dans le mur, une sur ta droite, une sur ta gauche. Celle de droite mène à un tunnel obscur. Celle de gauche à un tunnel éclairé par des torches ; une nouvelle représentation du singe géant figure sur une pierre au-dessus de la porte. Tu dois rapidement sortir de cette pièce pour ne pas à nouveau vivre un enfer.

Si tu choisis l'ouverture de droite, continue à travers les ténèbres jusqu'à la page 123.

Si tu préfères suivre la figure du bigfoot, qui, jusque-là, t'a porté chance, c'est à la page 64.

23:15

Tu avances dans ce couloir du temple. Les torches brûlent avec ardeur, et leur chaleur sèche un peu tes cheveux et tes vêtements. Tu as l'impression de t'enfoncer dans les tréfonds de Cetho Wukir, et non de te diriger vers une quelconque sortie qui te permettrait de retrouver Alicia et les autres. Mais tu dois faire avec. Surtout, tu veilles à ce que ta vigilance ne soit pas endormie par le calme retrouvé en ce lieu. Il y a notamment quelques pierres surélevées, au sol, qui te paraissent étranges, et tu prends garde à les éviter, pour ne pas les enfoncer et déclencher ainsi un nouveau piège. Bientôt, tu n'entends plus l'eau des salles se déverser. Tu es loin, sans vraiment savoir où...

Dommage que tu ne possèdes pas une copie du plan de Macintosh, comme Alicia. Bon, ce plan était très sommaire, mais il t'aurait sans doute renseigné sur ta position dans cet ensemble architectural.

Tu marches, tu marches, en espérant que ce couloir se terminera un jour. Ton vœu est exaucé deux minutes plus tard, lorsque tu débouches dans une salle très vaste et très haute de plafond, dont les murs de pierre sont recouverts de multiples représentations d'un aigle, d'un lion, d'un taureau et d'un cygne : les quatre reliques du temple ! Ce serait un comble si c'était toi qui rapportais les précieuses statues, après t'être perdu dans les tréfonds de Cetho Wukir !

Tu restes une bonne minute à examiner cette salle grandiose. En plus de l'ouverture par laquelle tu es arrivé, il y en a une autre, sur la paroi opposée, mais qui est close par un lourd bloc de pierre.

Au centre de la pièce, tu découvres un curieux mécanisme, constitué de deux plateaux de terre d'environ un mètre de diamètre, accrochés à une sorte de balancier. Le plateau de droite, tout en haut du balancier, est vide. Celui de gauche, posé à même le sol, contient ce qui d'abord te semble être un bloc de pierre hésitant entre le blanc et le jaune. Puis, en t'approchant, tu distingues plus précisément les contours et la matière de l'objet : il s'agit plutôt d'ivoire, un ivoire vieux et sale, mais cet objet te fait aussitôt penser à une canine du singe sauvage que tu as vu dessiné plusieurs fois.

Est-ce en équilibrant les deux plateaux que tu parviendras à ouvrir la porte close ? Tu en as l'intuition. D'ailleurs, tu te mets immédiatement au travail en posant un bloc de pierre sur le plateau droit. Il descend de quelques centimètres tandis que la dent du bigfoot remonte proportionnellement. Bien. La balance a l'air de tenir lorsque tu y installes trois autres blocs. Ça crisse, ça bringuebale, mais le mécanisme résiste. Tu es très proche de l'équilibre. Si tu rajoutes une pierre entière, peut-être que ce sera trop. Tu n'en trouves pas de plus petite. L'alternative consisterait à peser avec ta main sur le plateau de droite pour équilibrer parfaitement l'ensemble. Mais cela est-il admis dans les règles ?

C'est à toi de voir.

Si tu choisis de poser une dernière pierre en espérant que cela ne détraquera pas l'ensemble et que la porte coulissera, va à la page 94.

Si tu préfères, pour plus de précision, prendre le risque de le faire avec ta main, va à la page 67.

19:10

Tu poses ta main sur le plateau, mais ce n'est pas suffisant pour le faire baisser des trois ou quatre centimètres nécessaires. Tu poses alors tes deux mains, et là, en exerçant une pression délicate, tu parviens à équilibrer les deux plateaux.

Rien ne se passe, dans un premier temps...

... Avant que tu n'entendes un rire démoniaque dans ton dos, qui n'a rien d'humain. Un rire de bête.

Un fort grondement s'élève dans la pièce. Tu lâches le plateau, qui remonte brusquement. Le balancier se brise, la dent du bigfoot tombe et se fracasse sur le sol, laissant échapper une sorte de gaz verdâtre, que tu inhales.

Tu te sens instantanément très mal, la tête te tourne, tes jambes te semblent être faites de coton, et – horreur! – le sol s'ouvre sous tes pieds. La dalle sur laquelle tu te tiens coulisse, et tu ne peux pas réagir. Tu te laisses happer par le sol et te retrouves sur une pente ardue, une sorte de toboggan qui te fait descendre à pic et à toute allure dans les profondeurs de Cetho Wukir.

Ça ne s'arrêtera donc jamais ?!
Ta dernière heure est-elle arrivée ?

Va à la page 69 pour le savoir.

16:00

Lorsque tu te réveilles, tu as la sensation d'être dans un lit douillet. Sauf que tu es étendu sur un sol recouvert d'une mousse noire, spongieuse et malodorante. Tu as cru que c'était un coussin, mais c'est une nouvelle pièce, sortie tout droit des enfers. Tu te remets debout. Ta tête te tourne toujours, à cause de la substance qui s'est introduite dans ton corps. Tu espères qu'il n'y aura aucune autre séquelle.

Bon, tu fais le point : où te trouves-tu ? Tu parcours la salle et tu as l'impression qu'il s'agit d'une carrière, car les murs sont constitués de roches. Un rail en métal traverse la pièce d'un bout à l'autre.

Tu fais volte-face !

Tu as entendu un bruit derrière toi...

– C'est toi ? demande une petite voix.

Tu la reconnais, cette voix : c'est celle d'Alicia. Tu appelles ton amie, trop heureux de l'avoir retrouvée. Et elle est là, devant toi, le visage défait, les vêtements souillés, à peu près dans le même état que toi. Vous tombez dans les bras l'un de l'autre, et tu commences à lui raconter ton périple jusqu'ici.

– C'est pareil pour moi, souffle la jeune Allemande. Je suis revenue sur mes pas pour prévenir Macintosh de ta disparition, mais j'ai mis le pied sur une dalle qui a fait s'abattre sur moi plusieurs lames aiguisées tout le long d'un couloir. Je me suis vue mourir ! J'ai couru le plus vite possible, je me suis jetée dans un trou et j'ai atterri là.

Elle a eu le temps d'explorer le lieu et t'en parle :

– C'est l'entrée d'une mine située sous le temple. Tu sens cette odeur désagréable d'œuf pourri ?

Évidemment.

– C'est une ancienne mine de soufre. Il faut qu'on sorte de là au plus vite.

Tu hoches la tête. Le soleil te manque. Tu demandes à Alicia si elle a trouvé une quelconque issue. Ton sang se glace à nouveau lorsque tu la vois secouer la tête.

– Non. Nous sommes sur une espèce de plateforme qui surplombe une crevasse. On pourrait escalader les parois rocheuses, mais on n'a pas de matériel. Le seul moyen pour nous sortir d'ici, c'est de suivre les rails qui partent de la plateforme pour s'enfoncer dans les galeries tout autour, qui s'ouvrent dans la roche. Mais cela implique de nous retrouver suspendus au-dessus du vide pendant un certain temps...

En fait, vous êtes dans une sorte de gare de triage, là où les wagons de la mine étaient probablement réparés, au besoin, avant de repartir faire leur boulot. Alors que tes yeux s'habituent à l'obscurité du lieu, tu en comprends l'architecture. Vous êtes sur une île, une sorte de champignon géant situé au creux de la mine, où arrivent et d'où repartent plusieurs dizaines de rails. Alicia a raison : quel que soit le rail emprunté, vous n'échapperez pas au précipice.

– Il y a un wagonnet qui a encore l'air en état de fonctionner, t'informe ton amie en désignant l'un d'eux, en acier, monté sur quatre roues et posé sur les rails.

Tu inspectes l'engin : le frein manuel sur les roues arrière paraît intact.

– On y va ? On se lance ? demande Alicia.

Tu approuves en lui demandant de prendre place à bord. Toi, tu vas rester en dehors dans un premier temps, pour vous donner de l'élan.

Reste à savoir comment tu vas régler l'aiguillage, qui vous donne accès soit à la voie de droite, qui, après une dizaine de mètres au-dessus du vide, s'enfonce dans un tunnel étroit creusé dans la roche de soufre, soit à celle de gauche, qui serpente sur une centaine de mètres au-dessus du précipice mais entre ensuite dans un tunnel aéré et éclairé un peu plus bas.

– La voie de droite me semble la moins risquée, dit Alicia.

À toi aussi ? Dans ce cas, actionne l'aiguillage vers la droite et va à la page 76.

Si tu es d'un avis contraire, c'est à la page 73 que tu règles l'aiguillage vers la gauche.

Alicia opterait pour le plus court trajet, mais toi, tu préfères te diriger vers le tunnel principal de la mine, qui vous conduira plus certainement vers une sortie. Tu actionnes donc l'aiguillage, puis tu pousses le wagonnet en y mettant toute ta force pendant une dizaine de secondes, avant de sauter dedans lorsqu'il a pris suffisamment de vitesse. Alicia te tend la main et tu bascules aisément à l'intérieur.

Le bloc d'acier file le long de la voie, passe l'aiguillage et s'oriente vers le précipice. Alicia a le visage fermé mais ne semble pas éprouver une angoisse aussi vive que la tienne à cet instant. C'est la plus courageuse du groupe d'apprentis explorateurs.

Les rails vont-ils tenir? Il le faut bien, ou ce sera la culbute assurée, une terrible chute dans l'infini et au-delà...

Les quatre roues crissent affreusement. La structure tremble, tu es projeté contre Alicia, mais tu te relèves aussitôt. Vous tanguez et tanguez encore, à mesure que votre véhicule prend de la vitesse. Il négocie un premier virage serré à toute allure, puis un second. Tu laisses échapper un petit cri. Alicia ne dit rien. Elle se tient aux deux côtés du wagonnet, la tête penchée vers le plancher d'acier pour ne rien voir de ce qui pourrait arriver. Mais toi, tu préfères regarder. Encore un virage, les deux roues droites du wagonnet se soulèvent des rails, avant de revenir s'y coller, heureusement. Vous descendez vers le tunnel à une allure vertigineuse. Ton cœur est remonté dans le fond de ta gorge, t'empêchant de crier. Les rails ont l'air de tenir. Plus qu'une dernière descente en direction du tunnel! Vous prenez encore de la vitesse, l'air saturé de soufre te fouette le visage et...

Vous voilà dans le tunnel! Vous n'avez plus à craindre le précipice.

Enfin, c'est ce que tu crois avant de découvrir le prochain embranchement : devant vous, les rails se divisent encore. Vers la gauche, c'est un autre boyau plongé dans le noir – un mur peut-être, contre lequel vous irez vous fracasser? Vers la droite, c'est de nouveau le précipice et les rails sont brisés sur une dizaine de mètres. Bon, avec la vitesse, vous pourriez sauter par-dessus l'obstacle, mais rien n'est moins sûr.

Et l'aiguillage est réglé en direction des rails... brisés!

Tu essaies de freiner avec la barre de fer, tu parviens à ralentir un peu, mais pas assez.

– Freine ! hurle Alicia en venant t'aider.

Crac ! La barre de frein s'est désolidarisée du wagonnet et te reste dans la main.

Tu dois prendre la décision la plus importante de ta vie...

Vas-tu lancer la barre de fer vers le mécanisme de l'aiguillage qui approche, pour l'orienter vers le tunnel obscur ? Dans ce cas, c'est à la page 79 que se poursuit ton aventure.

Ou bien vas-tu rejoindre Alicia sur le plancher du wagonnet en espérant que celui-ci pourra effectuer le saut de la mort au-dessus des rails ? Ça, c'est à la page 81. Vite !

13:25

Tu es tout à fait d'accord avec Alicia : mieux vaut réduire au maximum la traversée du précipice, et ce, quoi qu'il puisse arriver ensuite. Comme dirait John Macintosh : « Dans le temple de Cetho Wukir, il faut apprendre à affronter et à traiter les dangers les uns après les autres. »

Tu actionnes donc l'aiguillage, puis tu pousses le wagonnet en y mettant toute ta force avant de sauter dedans lorsque tu estimes qu'il a pris suffisamment de vitesse. Alicia te tend la main et tu bascules sans souci à l'intérieur.

Le précipice se dessine devant vous, mais tu ne le regardes pas. Tu te concentres sur le point à l'horizon, la galerie qui s'ouvre dans la paroi de soufre, celle-là même que vous devez atteindre pour survivre à cette nouvelle épreuve.

Tu sens les rails trembler au passage du wagonnet. De terribles bruits de ferraille montent vers vous. Alicia a le visage fermé mais elle semble confiante. Les vibrations du véhicule à mesure qu'il prend de la vitesse se répercutent sur ton corps tout entier. Le wagonnet de la mine file tout droit et semble tenir bon.

Allez ! Plus qu'une dizaine de mètres ! Un courant d'air froid vient gifler ton visage, et entrent dans tes yeux de gros grains de poussière, que tu évacues d'un revers de manche.

Tu serres les poings en signe de triomphe lorsque le wagonnet s'engage sur les rails de la galerie. Le précipice est derrière vous !

Mais devant, ça ne se présente pas du tout comme un simple tronçon de ligne de métro. C'est vraiment le train fou de la mine ! L'horreur...

Une bifurcation permet de se diriger soit vers la droite, soit vers la gauche.

Vers la droite, c'est un nouveau précipice qui s'ouvre. Sauf que là, les rails sont ébréchés sur une dizaine de mètres. Alors soit la vitesse fera que vous parviendrez à vous maintenir pour continuer votre route, soit vous basculerez dans le vide.

Mais vers la gauche, ce n'est pas vraiment mieux : les rails semblent intacts, mais il y a eu un éboulis de pierres, qui obstruent le passage. Bon, le wagonnet est peut-être assez solide pour passer outre, mais ce n'est pas certain, et vous pourriez dérailler.

Tu freines immédiatement mais ne ralentis guère.

Pour le moment, l'aiguillage est orienté vers l'éboulis. Alicia a tendu son bras à l'extérieur. Elle peut encore tenter d'actionner le mécanisme de l'aiguillage, au passage, mais il faut le lui dire *maintenant*!

– Qu'est-ce que je fais? hurle-t-elle.

Si tu cries «Essaie!», va à la page 81.
Si tu cries «Non!», va à la page 84.

08:45

Tu lances de toutes tes forces la barre de fer contre le mécanisme de l'aiguillage lorsque tu arrives à sa hauteur. Puissance et précision. Génial ! Tu as réussi à le toucher et tu vois les rails aussitôt se régler devant toi pour orienter le wagonnet vers la gauche.

Sans ralentir, vous vous engouffrez dans le tunnel obscur. Aucun mur à craindre, vous descendez, descendez, tout en prenant de la vitesse, encore et toujours. Vous n'avez plus de frein, alors il va vous falloir compter sur votre bonne étoile. Alicia s'est relevée pour te rejoindre et a pris ta main dans la sienne. Dans ce noir de charbon, vous filez à l'aveugle, sans rien maîtriser.

Et puis c'est la chute. Tu sens le wagonnet quitter les rails. Tu es projeté en l'air, obligé de lâcher la main d'Alicia.

Heureusement, après un vol plané qui t'a semblé interminable, tu atterris dans un liquide. Tous tes membres te paraissent intacts, et tu te débats alors dans cette substance épaisse, poisseuse, à l'odeur alcaline : l'odeur du sang.

Tu n'as pas le temps de cogiter... Un rire guttural s'élève dans la pénombre et deux mains puissantes t'agrippent les chevilles pour t'attirer dans les ténèbres.

C'est la fin.

PERDU !

Pour retenter ta chance, retourne à la page 69.

10:05

L'aiguillage est enclenché en direction des rails brisés. Il ne te reste plus qu'à espérer que ton instinct t'a bien inspiré. La vitesse du wagonnet doit lui permettre de passer au-dessus du précipice pour atteindre le tronçon de voie ferrée intact de l'autre côté.

Ça, c'est la théorie.

Reste la pratique.

Dans le fond du véhicule, à côté d'Alicia, tu te concentres sur les multiples sensations que tu éprouves. Il te semble que vous prenez plus de vitesse encore.

L'instant de vérité est proche, tu le sais, tu le sens. Tu guettes les battements de ton cœur et les spasmes de ton estomac. Une chute les ferait se retourner dans ton corps !

Tu entends un fracas inouï, un crissement tout droit sorti des forges de Vulcain. Alicia serre plus fort encore ta main dans la sienne, à t'en broyer les phalanges.

Puis les bruits cessent. Il n'y a plus que le vent. Vous êtes en apesanteur, au-dessus du précipice. Comment allez-vous retomber ?

Violemment. Tu te mords la langue, tu as l'impression

que deux ou trois de tes vertèbres se sont brisées dans la manœuvre. Mais... vous continuez de rouler ! C'est réussi !

Tu te relèves, aussitôt imité par Alicia. Le wagonnet poursuit sa route dans une large galerie, sans ralentir, mais vous ne distinguez aucun danger imminent à l'horizon.

– Si seulement on pouvait s'engager sur une pente, souffle Alicia, le wagonnet s'arrêterait naturellement et on pourrait sauter !

Mais ce n'est pas d'actualité. Et tu n'aurais pas dû te réjouir aussi vite à propos de la voie dégagée : tu ne tardes pas à apercevoir sur cette même voie un wagonnet identique au vôtre, à l'arrêt, une centaine de mètres plus loin. Le choc promet d'être terrible.

Tu cries à Alicia de s'asseoir et de s'accrocher. Tu la rejoins juste à temps, une seconde à peine avant le choc.

C'est à nouveau une épreuve. Mais, sous l'impact, votre wagonnet a décéléré, et il se trouve maintenant accroché au premier, comme un petit convoi. Tu te lèves pour voir si l'autre contient quelque chose.

Ta stupeur est grande en y découvrant le squelette d'un homme, qui tient dans sa main... une statuette en pierre en forme de taureau !

– L'une des quatre reliques ! s'enthousiasme Alicia.

Vous n'hésitez pas un seul instant à enjamber la paroi de votre wagonnet pour aller prendre la relique. Et tant pis pour le squelette ; il ne fait pas si peur que cela, comparé aux angoisses éprouvées lors de cette incroyable expédition. Tu fais tout de même attention à ne pas abîmer le corps, et c'est avec fierté que tu brandis la statuette de Nandi. Macintosh sera fier de vous !

N'oublie pas pour autant que tu te trouves dans un wagonnet lancé à une cinquantaine de kilomètres-heure !

Et, d'ailleurs, il s'engage dans une grande courbe au moment de sortir de la galerie, une grande courbe qui longe un précipice. Votre vitesse est trop importante, et tu sens que les deux roues droites de votre véhicule ont quitté les rails. Vous allez basculer dans le vide si vous ne tentez rien ! En dessous de vous, une petite arête rocheuse vous éviterait de tomber tout au fond du précipice, mais c'est maintenant qu'il faut agir.

Si tu trouves la force de faire contrepoids afin que votre wagonnet recolle aux rails, va à la page 132.

Si tu préfères provoquer sa chute pour l'arrêter enfin et profiter de la présence de l'arête rocheuse, hurle à Alicia de se protéger et file à la page 86.

07:55

Tu hurles à Alicia de ne rien tenter, et elle replie aussitôt son bras. Le wagonnet fonce vers les rochers et les percute les uns après les autres dans un terrible fracas. Tu es secoué dans tous les sens, et les coups des roches dures sur l'acier du véhicule résonnent dans tes oreilles jusqu'à te donner la nausée.

Mais il tient bon et ne déraille pas. Toi et Alicia, qui vient de te prendre la main, filez de nouveau à toute allure.

Vers où ? Vous vous engagez bientôt dans une galerie plongée dans le noir complet. Tu n'y vois plus rien, et c'est à l'aveugle, grâce à tes seules sensations, que tu comprends que le wagonnet a quitté les rails et tombe maintenant en chute libre.

Tu as lâché la main d'Alicia, et te voilà tournant, tournant, dans le vide, trop désorienté pour pousser le moindre cri.

Ta chute te semble infinie, avant que tu n'atterrisses enfin, sur le dos, sur un tas d'éléments qui amortissent l'impact.

Lorsque tu te relèves, tu te rends compte que tu te trouves sur un tas d'os... d'animaux ? d'êtres humains ?

Un homme d'une maigreur effrayante, vêtu d'un simple pagne, te regarde, l'air vide. À intervalles réguliers, il ouvre sa main droite et lance en l'air de petits objets, semblables à des... dents !

Où est Alicia ? Tu ne la vois pas. Tu espères qu'elle est saine et sauve comme toi, quelque part.

– Ça fait si longtemps ! chuchote l'homme en anglais.

Il te fixe, à présent, d'un air gourmand. Il te faut fuir mais la pièce paraît close. L'homme se dirige alors vers un pan de mur. Il en extrait un long couteau sacrificiel à la lame effilée. Tu tentes une esquive, mais trop tard : l'homme a lancé son poignard dans ta direction, avec un rire affreux. La douleur irradie ton dos pendant quelques secondes avant que tu ne t'écroules sur le sol et plonges dans l'inconscience.

PERDU !

Pour retenter ta chance, retourne à la page 69.

06:35

Cette fois, Alicia ne peut s'empêcher de pousser un cri de terreur lorsqu'elle sent le wagonnet basculer et quitter définitivement les rails. Tu es tout près d'elle et tu la prends par la main afin de ne pas la lâcher pendant la courte chute qui vous fait atterrir durement sur la terre sèche de l'arête rocheuse. Le wagonnet, à cause de son poids, s'est écarté et continue sa course folle dans le précipice. Le gouffre semble très profond, car ni Alicia ni toi ne percevez l'écho de cette chute. Quant au squelette, eh bien, paix à son âme...

Vous l'avez échappé belle !

– Ça va ? Tu n'as rien ? demande la jeune fille.

Tu lui assures que non, à part un besoin vital de lumière du jour et d'air frais. Agenouillé par terre, tu reprends ton souffle. La vue de la statue de taureau qu'Alicia a précieusement conservée contre elle durant la chute te galvanise. C'est une sacrée découverte !

Mais pour qu'elle soit validée, il vous faut sortir des tréfonds de Cetho Wukir. Ton sixième sens te souffle que vous n'en êtes pas loin mais qu'il vous reste une épreuve à surmonter.

Vous cherchez tous les deux une solution pour quitter l'arête rocheuse. Il en existe deux : escalader la paroi pour revenir sur les rails et les suivre ou bien vous engouffrer dans un petit boyau d'un demi-mètre de rayon à peine creusé dans la roche et qui part de là où vous vous trouvez.

– J'espère que ce n'est pas le repaire d'une créature ! lâche Alicia.

Mais elle s'en remet à ton instinct, qui vous a permis jusqu'à maintenant de vous en sortir sains et saufs.

Alors ?

Vas-tu escalader la paroi rocheuse en direction des rails ? C'est à la page 92.

Ou bien emprunter le petit boyau qui s'enfonce dans la terre ? Va alors à la page 137.

`12:20`

Huit fois le « t » dans les deux phrases, puisqu'il faut compter le « t » de ce mot « sept » ajouté. Là est le piège. 88 ! Tu prononces ce nombre à haute voix. Instantanément, le sable de la clepsydre s'arrête de couler et une porte s'ouvre.

Tu l'empruntes et te retrouves dans une autre salle, semblable à la première avec son toit de feuilles.

Aussitôt, la porte coulisse, et te voilà de nouveau prisonnier. Ce jardin-là est encore plus végétalisé que le précédent. Tu ne peux même plus distinguer la pierre sous les branches, les feuilles et les fleurs montant tout le long des murs d'enceinte.

Peu importe, car tu n'es pas ici pour jouer au jardinier mais plutôt au chasseur de reliques. Aussi te diriges-tu sans attendre vers l'autel de pierre qui se situe, là aussi, au milieu du jardin.

Tu y trouves une seconde tablette, une seconde énigme et une seconde clepsydre, dont le sable se met à couler dès que tu prends connaissance de l'énoncé.

Autel des énigmes n° 2

À chacun sa place.

Dans les tréfonds du temple de Cetho Wukir se trouve une prison dont aucun détenu n'est jamais sorti vivant. Un nouveau chasseur de trésors vient d'y être enfermé. Saurez-vous découvrir le numéro de sa cellule ?

| 16 | ? | 68 | 88 |

Vous avez là encore 60 secondes. Au-delà, il se pourrait qu'on vous offre un aller simple pour la prison.

Heureusement pour toi, le sable d'une clepsydre ne fait aucun bruit en s'écoulant et ne gêne donc nullement ta concentration.

Mais il te faut réfléchir vite !

Rends-toi à la page correspondant au numéro de la cellule du nouveau prisonnier.

Si tu ne trouves pas, eh bien, c'est à la page 135 que le maître des énigmes de Cetho Wukir t'a donné un rendez-vous bien funeste...

`08:55`

La cellule porte bien le numéro 90, tu as vu juste ! Bravo ! Il fallait considérer que le prisonnier entre par la porte et donc lire les numéros à l'envers, en retournant la tablette. La réponse coulait alors de source.

| 88 | 89 | ?=90 | 91 |

À peine as-tu prononcé le nombre à haute voix qu'une porte s'ouvre dans un déclic, sur le côté droit du jardin. Tu dois te frayer un chemin à travers les fleurs et les branches, mais le résultat est là : tu te retrouves dans un troisième jardin, mélange parfait des deux précédents. Tu ressens immédiatement une autre ambiance en ce lieu, beaucoup plus zen que dans les deux autres.

Lorsque tu t'approches de l'autel de pierre, tu découvres, stupéfait, une statuette représentant le lion Simha ! Tu as trouvé l'une des quatre reliques du temple de Cetho Wukir ! Toi ! Avant même ton idole, Macintosh ! À cet instant, tu félicites presque Alicia de t'avoir emmené dans cette première pièce piégeuse où l'eau s'était déversée. Car tu imagines l'étonnement de l'Écossais lorsque tu lui présenteras cette statuette de Simha ! Et, surtout, quelle fierté, pour toi, de sortir du temple avec cette précieuse relique !

Son existence atteste de l'importance archéologique du temple de Cetho Wukir et, en la produisant un peu partout dans le monde, Macintosh sera assuré de braquer les projecteurs sur le site. Celui-ci sera enfin classé comme merveille de l'humanité, ce qui impliquera sa surveillance stricte et empêchera tout pillage par des contrebandiers.

Tu t'empares donc de la statuette et la serres fort contre ton cœur. Une nouvelle porte s'ouvre alors dans le mur face à toi, par laquelle passe une très vive lumière. En approchant, tu remarques un vieil homme assis sur un banc. Il porte un simple pagne autour de la taille et tient un long bâton dans une main. Sa peau est si parcheminée qu'on dirait une sorte de momie vivante. Tu ressens pourtant une intense aura émanant de sa personne ; tu perçois en lui une puissante intelligence et une sagesse incandescente, sans pouvoir te l'expliquer. Le vieillard garde les yeux baissés vers le sol, mais il te fait un petit signe de la main afin que tu le rejoignes. Que vas-tu faire ?

Parcourir les quelques mètres te séparant de lui ? Va alors à la page 140.

Ou bien l'ignorer et sortir au plus vite du temple pour aller retrouver ton groupe ? C'est à la page 142.

04:35

Tu juges trop imprudent de s'aventurer dans un conduit tel que celui-ci, qui, même s'il n'abrite aucune bête, peut très bien subir un éboulement et vous emmurer vivants !

Mieux vaut tenter de gravir les trois ou quatre mètres de paroi rocheuse, même à mains nues, pour reprendre le fil des rails.

Puisque c'est toi qui as fait ce choix, tu proposes à Alicia de monter le premier afin de trouver les bonnes prises pour y accrocher vos mains et poser vos pieds. Tu offres même de prendre la relique avec toi pour la délester de ce poids, mais la jeune fille refuse.

Tu commences donc l'ascension sur les parois de soufre. C'est compliqué parce que cette matière est très friable. Tu parcours les deux premiers mètres quand un cri sourd t'amène à te retourner, cherchant Alicia du regard. Mais tu ne la vois pas !

Horreur ! Elle est tombée !

Et ce moment d'inattention te sera fatal, à toi aussi ! La roche sous ta main droite s'effrite d'un seul coup et te voilà totalement déséquilibré. Tu chutes et tentes de t'agripper à l'éperon rocheux, ta dernière planche de salut. Peine perdue ! Tu dévales les abysses !

Heureusement pour toi, ton cœur lâche avant que tu ne t'écrases en bas, tout en bas, en compagnie d'Alicia, du squelette et de la relique de Nandi.

PERDU !

Pour retenter ta chance, retourne à la page 69.

19:50

Une consigne de John Macintosh te revient en mémoire à cet instant : « Il ne faut jamais interférer avec son corps lors de la résolution d'une épreuve dans un temple. » Aussi, tu choisis prudemment de ne pas toucher le balancier avec ta main. Afin que l'équilibre soit le plus parfait possible, tu pars à la recherche de la plus petite des pierres disponibles. Tu en trouves une, cachée derrière un amas de pierres, à droite du balancier, et tu la poses délicatement sur le plateau de gauche. Tu es en apnée : quel piège le mécanisme va-t-il donc déclencher si tu échoues ?

Tu vois le plateau se baisser, dépasser le niveau d'équilibre pour... ensuite remonter et s'aligner avec le plateau de droite. Tu as réussi ! Tu respires à nouveau !

La porte en face de toi se met à coulisser tout doucement. Tu ne perds pas un instant et tu la franchis, non sans frissonner encore en détaillant la gravure du singe monstrueux qui la surmonte.

Tu espères secrètement que cette voie ne te mènera pas dans l'antre de ce monstre... Est-il réel ? Ou bien est-ce une sorte de créature imaginaire dédiée à la protection des reliques pour décourager les aventuriers curieux tels que toi ? Tu ne te souviens pas que John Macintosh l'ait un jour évoquée...

Quoi qu'il en soit, tu ne vas pas tarder à le découvrir.

Après avoir arpenté un couloir étroit, tu entres dans une nouvelle salle, dépourvue de toute décoration, excepté une sorte d'autel de pierre, dressé au centre exact de la pièce et sur lequel repose ce qui te semble être une tablette de pierre.

Tu te diriges vers lui pour en savoir plus lorsque résonne un terrible hurlement, un cri animal qui te glace instantanément le sang. Tu n'as jamais entendu un gémissement semblable, que ce soit dans tes jeux vidéo ou dans tes films d'horreur préférés.

Puis le cri cesse subitement, et le silence revient.

Tu hausses les épaules et tentes de te rassurer : ce cri n'était pas pour toi. Voilà un danger potentiel que tu n'auras pas à gérer.

Tu t'approches donc de l'autel. Tu as vu juste : une tablette de pierre s'y trouve posée. Des inscriptions dans une langue étrange que tu ne reconnais pas y sont gravées, ainsi qu'à nouveau plusieurs représentations du singe géant.

Impossible de déchiffrer ces inscriptions, mais deux images attirent ton attention. Celle du singe géant la gueule grande ouverte et les poings brandis vers le ciel, avec de curieux caractères en dessous qui forment un mot presque lisible : GUMRU. Puis, en face de ce dessin, celui du même bigfoot, gueule fermée, tête baissée, pattes fléchies, avec le mot UBAN.

Tu notes cela dans un coin de ton esprit, car ton sixième sens te suggère que cela pourrait avoir son importance à un moment ou à un autre de ton exploration.

Tu t'empares de la tablette, qui te semble peser une tonne ! C'est alors que retentit encore le hurlement. Il cesse dès que tu reposes la tablette.

Curieux.

Tu la prends à nouveau dans tes mains et le cri reprend. Puis cesse dès que la pierre est reposée sur l'autel.

Il est temps pour toi de voir quelles sont les possibilités de sortie de cette pièce. Après l'avoir explorée de fond en comble, tu en trouves deux : un couloir ordinaire, éclairé par des flambeaux, à droite de l'autel, et un conduit plus bas de plafond et plus étroit, qui semble creusé à même la pierre, derrière l'autel.

Quel est, selon toi, le chemin le plus court vers la sortie ?

Le couloir éclairé ? Dans ce cas, va à la page 100.
Le conduit creusé dans la pierre ? Va à la page 103.
Enfin, si, avant d'emprunter l'une des deux issues, tu souhaites prendre la tablette, malgré son poids, pour la rapporter à Macintosh, va à la page 98.

14:15

Tu imagines déjà la joie de John Macintosh lorsqu'il prendra la précieuse tablette dans ses mains. Bon, ce n'est pas l'une des quatre reliques de Cetho Wukir, mais c'est tout de même une pièce de choix ! Tu imagines sa joie, et aussi ta fierté d'être toi, jeune aventurier, le découvreur de ce trésor !

Alors tu reprends la tablette. Un hurlement encore plus atroce que les précédents se fait alors entendre dans la pièce. Maintenant, il te faut fuir.

Mais ce n'est plus possible ! On a roulé une pierre, qui bouche le conduit derrière l'autel et... une haute et épaisse silhouette émerge du couloir.

C'est le bigfoot ! Le singe géant, haut de plus de trois mètres, recouvert de poils noirs et gris ! Sa tête est particulièrement hideuse. Ses yeux violets ne sont pas alignés, son nez consiste en une cicatrice purulente, et il te semble que du sang dégouline de ses affreuses dents.

Le singe te lance un regard plein de haine avant de pousser un nouveau rugissement. Il n'apprécie visiblement pas que tu touches à cette tablette.

C'est à ton tour de crier.

Tu lâches la tablette, qui se fracasse sur le sol en dizaines de morceaux, et cela décuple la fureur du singe, qui bondit sur toi.

Ce n'était donc pas une créature de légende, mais un monstre bien réel !

Et c'est là ta dernière pensée lorsque le singe géant plante ses deux immenses incisives dans la chair appétissante de ton cou.

PERDU !

Pour retenter ta chance, retourne à la page 64.

Tu choisis le chemin le plus sûr, celui du couloir éclairé par les torches. Il te conduit à un nouvel embranchement. Mais le couloir de droite, cette fois, est muré, et tu ne peux donc que prendre à gauche.

Est-ce à nouveau un hurlement, que tu entends, tandis que tu progresses avec prudence ? Les torches s'espacent et tu vois de moins en moins bien devant toi. Il te semble toutefois que le chemin est en pente ascendante, et cela te met du baume au cœur. Car qui dit hauteur dit ciel, lumière... La voie de ton évasion !

Toutefois, tu as appris à ne pas crier victoire trop tôt dans les tréfonds de Cetho Wukir...

Encore un hurlement, plus distinct, celui-là... Oui ! Les cris continuent, et ce n'est pas pour te rassurer.

Tu entres alors dans une pièce cubique, faiblement éclairée.

À peine as-tu posé le pied à l'intérieur que – *VLAM !* – la porte derrière toi se referme. Allons donc ! Comme dans la première pièce, celle où se déversait l'eau. Sauf qu'ici, heureusement, il y a une issue en face de toi, à une vingtaine de mètres.

Tu commences à traverser la pièce, mais d'immenses flammes se mettent à fissurer le mur ! Tu dois battre en retraite vers la porte fermée, seul endroit où elles ne t'atteindront pas. Mais la chaleur est inouïe, et tu vas littéralement fondre si tu restes ici.

Comment faire pour rejoindre l'issue en face de toi ? Impossible de franchir le feu ainsi. Même un pompier dans une combinaison ignifugée y risquerait sa peau.

C'est alors que tu distingues une sorte de petit coffret en métal posé sur le sol, à droite de la porte. Tu l'ouvres, évidemment. À l'intérieur, tu trouves deux fioles de verre, contenant chacune un liquide différent par sa texture et sa couleur.

Si tu ne tentes rien, tu mourras.

Alors autant essayer de boire l'un de ces liquides. Ton sixième sens t'y incite. Peut-être l'un d'eux te permettra-t-il de traverser les flammes par tu ne sais quel prodige de la médecine ancestrale de l'île, celle des plus grands fakirs, devenus insensibles au feu ?

Encore faut-il que tu choisisses le bon liquide...

Lequel vas-tu boire ?

Si tu choisis l'épaisse potion violette phosphorescente, va à la page 109.

Si tu optes pour le liquide pétillant orangé, va à la page 105.

Tu t'engouffres dans le boyau, bien heureux de laisser derrière toi cette salle pleine de hurlements. Tu progresses accroupi sur quelques mètres, avant de pouvoir à nouveau te redresser. Te voilà dans un couloir en pente, dont tu commences la montée en espérant qu'il te mènera à la surface, ou au moins au sommet de l'un des stûpas du temple de Cetho Wukir, depuis lequel tu pourras appeler à l'aide.

Il te semble bien que c'est le cas, car il y a comme une source lumineuse devant toi, loin, très loin, tout en haut de la montée. Un point qui grossit et qui pourrait bien être un concentré de rayons de soleil !

Tu accélères malgré ta fatigue, puis tu te figes subitement en découvrant une petite excavation sur ta droite. Un autel s'y trouve, sensiblement le même que celui de la salle précédente. Et sur cet autel... Non, tu ne peux pas en croire tes yeux... Sur cet autel se tient une statuette de pierre représentant un aigle.

C'est Garuda ! Un animal divin, compagnon des dieux que l'on vénérait dans le temple de Cetho Wukir ! Tu as découvert l'une des quatre reliques du temple ! Toi, un adolescent ! Quelle ne sera pas la surprise de Macintosh, et ta fierté, par la même occasion, lorsque tu confieras à ton idole cette statuette en forme d'aigle !

Tu t'en empares aussitôt et la tiens fermement contre toi tout en reprenant ta montée. Tu as à présent le cœur léger.

Mais pas pour longtemps.

Car tu perçois un gros craquement devant toi. Et les rayons de soleil disparaissent instantanément. Ton horizon se voile. Une grosse boule de pierre enflammée roule dans ta direction.

Horreur !

Fais demi-tour et cours vers la page 110 ou bien tu risques de te faire broyer !

08:10

Vite ! Tu débouches le flacon et ingurgites aussi vite que possible le liquide pétillant, dont le goût te fait penser à celui d'un soda à l'orange. Tu tentes de te concentrer sur les effets, mais ton attention est détournée vers le dos de ton tee-shirt, qui vient de prendre feu, léché de trop près par les flammes. Tu l'ôtes aussitôt et continueras donc l'aventure torse nu.

Si tu la continues... Car tu sens ton corps muter en profondeur. Après plusieurs éructations, tes paupières se mettent à trembloter frénétiquement. Une vague intense de chaleur envahit ton corps tout entier, tu te sens plus fort, invincible même. Ta peau se raffermit, tes muscles grossissent. C'est une sensation étrange, et surtout grisante !

Tu te sens prêt à affronter ces gigantesques flammes, aussi incroyable que cela puisse paraître.

Tu jettes le flacon au loin et avances dans la pièce à pas de géant. Tu ne marches plus, tu bondis, tu franchis les pierres au sol par dizaines à la fois. Te voilà au milieu de la fournaise, mais tu as tout juste la sensation de te trouver en face d'un radiateur brûlant.

Au milieu de la pièce, tu distingues cet autel surmonté d'une statuette. Une statuette en forme d'aigle. C'est Garuda ! L'une des quatre reliques du temple ! Les effets de la potion te permettent d'approcher de l'autel et de t'emparer de la statuette, qui ne te paraît même pas chaude.

C'est presque magique, irréel ! Tu es en possession de l'une des quatre reliques ! Quelle immense fierté vas-tu éprouver en la tendant bientôt, très bientôt, à ton idole, John Macintosh !

Tu reprends aussitôt la direction de la sortie, la statuette pressée contre ton cœur, et, dix secondes plus tard, te voilà libéré des flammes. Tu quittes la salle pour déboucher dans un couloir en pente qui t'amène vite sur une grande plate-forme herbeuse que tu reconnais aussitôt : c'est celle qui se situait au centre du temple de Cetho Wukir. Là où avaient lieu la plupart des grands rassemblements de fidèles.

Seconde après seconde, tu sens diminuer en toi les effets de la potion, et la relique te paraît de plus en plus brûlante entre tes mains. Tu es même obligé de la poser sur le sol au bout de quelques instants.

C'est alors que tu entends ton prénom derrière toi. Tu te retournes... Ce sont John Macintosh et Alicia, venus à la rescousse.

– Nous désespérions de te retrouver ! souffle le célèbre explorateur tandis que la jeune Allemande te prend dans ses bras.

Tu désignes alors la relique à l'effigie de l'aigle, et ton idole, en la voyant, tombe à genoux, l'air ébahi.

– Tu es déjà digne des plus grands ! lance-t-il en prenant la relique, enfin refroidie, contre lui. Nous allons l'étudier, et j'irai convaincre les autorités de faire de ce site un lieu d'étude, afin qu'il ne soit plus un terrain de chasse pour les contrebandiers !

Tu as donc réussi... Tu as donc...

Que non ! Car un hurlement s'élève derrière vous !

Tu te retournes... C'est le singe géant ! Vous vous trouvez tous les trois face au bigfoot. Atroce vision que celle de ce singe au pelage semblable à des lames de rasoir ! Tout est hideux chez le gardien des reliques : ses yeux de guingois, son nez tel une cicatrice purulente, et ses dents dégoulinantes de bave et de sang.

Le bigfoot n'a d'intérêt que pour la relique. Il a pour mission de la protéger, coûte que coûte, jusqu'à la mort s'il le faut.

Macintosh et Alicia te lancent un regard pour connaître ton avis sur la situation.

Elle est presque désespérée, tant le singe paraît puissant et déterminé.

Si tu veux crier à Macintosh qu'il doit céder la relique au bigfoot, c'est à la page 114.

Si tu penses qu'il vaut mieux fuir, c'est à la page 116.

08:15

Tu débouches la fiole alors que la chaleur devient insoutenable et tu la vides d'un trait. Le goût est atroce, comme un relent de poisson pourri, puis, seulement quelques secondes plus tard, tu crois distinguer un arrière-goût de banane. En fin de compte, cela te semble même délicieux.

Oui, sauf que trois secondes plus tard, tu te tortilles à terre dans tous les sens. Ce liquide n'est rien d'autre qu'un poison, un sale poison même. Tu te mets à tressauter sur le sol, tu as l'impression qu'une créature est comme enfermée dans ton estomac et qu'elle te donne d'atroces coups depuis l'intérieur de ton corps pour s'échapper.

Ce n'est même pas la peine de hurler ta douleur.

Seraient-ce les flammes, qui t'ont ôté la vie ? Ou bien est-ce le poison qui se met à faire gonfler encore et encore ton ventre, jusqu'à la limite de l'implosion ?

Question vaine, puisque te voilà mort !

PERDU !

Pour retenter ta chance, retourne à la page 64.

Le bruit est assourdissant, terrifiant surtout, et puis tu sens la chaleur progresser dans ta direction. C'est un peu comme si les flammes embrasaient déjà tes vêtements, pourtant encore humides. Évidemment, le piège s'est déclenché lorsque tu as pris la relique ! Un mécanisme certainement relié à l'autel.

Que peux-tu faire ?! La boule descend à une allure vertigineuse, tu n'as aucune chance contre elle ! À moins que... À moins que tu ne parviennes à sauter assez vite dans l'excavation qui s'ouvre sur ta gauche, sur l'autel, et que tu ne te colles au mur, le temps que la boule meurtrière passe.

Oui, mais tu as une seule chance pour tenter cette manœuvre. Une seule et unique. Si tu échoues, c'est la mort.

Voilà, encore deux ou trois foulées. Tu es en nage, à bout de souffle, et la boule est à deux mètres de toi. Tu sautes !

Tu atterris sur le bord de l'autel, ton pied droit dérape, mais tu rectifies assez vite ta position pour retrouver ton équilibre.

La boule passe dans ton dos, et tu te retournes juste à temps pour voir les flammes derrière toi. Elle ne t'a pas touché, mais tu as l'impression d'avoir eu le dos brûlé au quatrième degré rien que par le souffle de ce piège maudit.

À bout de forces, tu t'assois sur l'autel. Tu entends le bruit de la boule qui se fracasse contre un mur. Une dernière traînée de flammes s'engouffre dans le couloir en pente. Et c'est tout.

Alors tu reprends ta marche vers la surface, et là, tu retrouves le soleil et l'air pur !

Quelle joie ! Te voilà en haut d'un stûpa du temple ! Tu vas pouvoir sagement attendre les secours, puis confier avec une fierté immense la relique à Macintosh.

D'ailleurs, elle est là, cette statue d'aigle ! Tu ne l'as pas lâchée pendant ta course ; bien au contraire, tu en as pris grand soin !

Tu la lèves face au soleil, tout en respirant l'air frais de l'île après ces longues minutes passées dans les profondeurs du temple.

C'est alors qu'une voix retentit derrière toi.

– Si on m'avait dit que ce serait un gamin qui nous apporterait l'une des quatre reliques sur un plateau...

Tu te retournes et te retrouves nez à nez avec trois hommes vêtus de pantalons et de tee-shirts kaki. Une casquette de la même couleur est vissée sur leur tête. Ils braquent sur toi des revolvers. Le plus grand des trois tient même une mitrailleuse automatique dans sa main gauche.

– File-nous la relique avant qu'on ne te troue la peau, susurre le plus petit, qui doit être le chef. Je n'aimerais pas qu'elle se brise quand tu vas t'écrouler.

Quelle poisse ! Tu as vaincu les dangers du temple pour finir face à des contrebandiers ! D'ailleurs, ils ne tardent pas à confirmer ton analyse.

– C'est la relique de l'aigle ! s'exclame le plus grand. Je crois bien que le type de Boston nous offre trois cent mille dollars rien que pour celle-ci !

Il tire un coup de revolver en l'air, et tu vois alors un monstre sculpté perdre sa tête de pierre sur l'une des façades. Ces types ne tirent pas des balles à blanc !

C'est à cet instant que ton instinct te dicte de te rappeler les deux mots inscrits sur la tablette de pierre. Si le bigfoot est bien le protecteur du temple et des reliques, alors il ne laissera pas des contrebandiers s'en emparer aussi facilement.

Oui, mais quel mot crier ?

Crie « GUMRU ! » à la page 118.
Ou bien « UBAN ! » à la page 121.

04:05

Cela te paraît être la meilleure des solutions. Et surtout celle qui fera couler le moins de sang... À contrecœur, l'explorateur tend la relique au singe, qui commençait à menacer ton idole et ton amie de ses larges griffes. Il s'empare de la statuette d'aigle, puis fait volte-face d'un bond, avant de disparaître dans les profondeurs du temple dont il assure vaille que vaille la protection.

Le calme est revenu sur la grande plate-forme de Cetho Wukir. D'ailleurs, le reste du groupe – d'autres jeunes explorateurs comme toi – vient à ta rencontre pour entendre le récit de tes exploits.

Macintosh est dépité. Il semble même inconsolable.

– Je la tenais dans mes mains, la première des quatre reliques ! Dans mes mains !

Tu lui assures qu'il sera peut-être possible de retourner dans le temple pour en rapporter cette relique – ou une autre.

Il hoche la tête.

– Oui, dit-il. Après tout, le principal, c'est que nous soyons sortis vivants de cette aventure...

00 : 00

Tu as survécu! Il te reste à retourner dans le temple de Cetho Wukir pour trouver une ou plusieurs de ces fameuses reliques!

02:45

Hors de question, pour toi, de céder la relique au bigfoot ! Après tout ce que tu as vécu, tu vois la statuette de l'aigle comme une juste récompense. Et puis tu ne t'en empares pas pour la revendre ; tu n'es pas un contrebandier, toi. Ce n'est pas du vol ! Macintosh veut s'en servir pour braquer les projecteurs sur le temple et, un jour prochain, la mettre à sa juste place, dans un musée dédié à cet incroyable site.

Alors tu hurles à ton idole de tourner les talons et de fuir !

L'explorateur s'exécute, en tenant la relique tout contre lui. Mais le singe est rapide, plus rapide que lui. Et Alicia, qui court au côté de l'Écossais, ne peut suivre cette allure. Si tu ne fais rien, elle risque d'être la première victime du bigfoot !

C'est alors que tu repenses à la tablette de pierre de l'autel. Deux mots y étaient inscrits. Deux mots et deux représentations du singe : un dessin de l'animal en fureur, dents et poings menaçants, et un autre du monstre recroquevillé, comme dominé. Voyons... Tu sollicites la moindre parcelle de ta mémoire dans l'espoir de retrouver le mot gravé sous le dessin du singe dominé.

« URAN ». Non, c'est presque ce mot, à une lettre près... « UBAN » ! Oui, tu te rappelles, à présent, c'est bien ça.

Tu cries alors « UBAN ! » de toutes tes forces, et le singe se fige aussitôt sur place, comme s'il s'était transformé en statue de pierre. Il s'est arrêté en pleine course, cessant toute menace, et tu le vois même s'accroupir sur le sol et prendre sa grosse tête entre ses paumes.

Vous ne demandez pas votre reste. Tu prends Alicia par la main et fais signe à Macintosh de continuer sa course, loin, très loin, le plus loin possible. Tu ignores pendant combien de temps le bigfoot restera dans cette position, sous l'effet de ce mot de soumission.

Assez longtemps en tout cas pour fuir le temple et vous retrouver tous dans votre camp à l'écart. Vous tombez dans les bras l'un de l'autre. Il est grand temps pour toi de célébrer ton succès avec ton idole et tous tes amis !

00 : 00

Tu as survécu ! Bravo à toi pour avoir rapporté l'une des précieuses reliques du temple. Il en reste néanmoins trois à trouver, alors n'hésite pas à retourner dans le temple de Cetho Wukir !

03:55

Tu hurles «GUMRU!» devant les regards ahuris des trois contrebandiers.

Rien ne se passe durant les quelques secondes qui suivent, ce qui permet au chef du groupe de s'avancer et de braquer son arme sur ton front en marmonnant :

– Bon, assez rigolé...

En sentant le contact glacé du canon du revolver, tu te dis que ta dernière heure est arrivée. Mais, en réalité, ce sont ces trois types qui vont très vite cesser de rigoler.

Car le mot que tu viens de crier est celui qui met le singe géant en furie! Et tu vois le monstre arriver par le même tunnel que toi, reniflant et grognant. En vous découvrant, vous, les intrus, dans son antre, il se dresse sur ses pattes et exprime sa fureur. Il est gigantesque, haut de plus de trois mètres ; son pelage hirsute hésite entre le noir et le gris, et ses poils ont l'air aussi acérés que des lames de rasoir.

Et le pire, c'est son visage particulièrement hideux, ses yeux globuleux qui ne sont même pas alignés, son nez sanguinolent et ses immenses dents souillées de sang.

Les trois contrebandiers crient à leur tour en apercevant le monstre, avant de chercher à se mettre à l'abri. Le plus grand tente bien à plusieurs reprises de tirer sur la bête, mais les balles ricochent littéralement sur son pelage ! Le bigfoot est plus rapide qu'eux, et il les rattrape tous. Il croque d'abord le chef, avant de le recracher, comme écœuré par le goût de cet humain, et d'envoyer son corps dans les airs. Peu de temps après, les deux autres voltigent à plusieurs centaines de mètres au-dessus de Cetho Wukir.

Tu n'assistes pas à la fin de la scène. Après les trois contrebandiers, c'est toi qui devras subir la colère du singe géant. Alors tu passes la rambarde du stûpa, car tu as repéré une liane, en apparence assez solide, qui descend jusqu'au sol.

Tu rassembles tes dernières forces pour effectuer cette descente en rappel, t'aidant de tes pieds contre les pierres pour ne pas prendre trop de vitesse. Tu ne peux te servir que de ta main gauche, la droite serrant la relique. Car tu tiens à cette statue d'aigle, qui permettra certainement à Macintosh d'obtenir que le temple de Cetho Wukir soit classé comme merveille de l'humanité et qu'il ne soit donc plus, comme aujourd'hui, ouvert aux quatre vents, et surtout à tous les contrebandiers cupides.

Quel bonheur, de retrouver la terre ferme ! Ta main gauche est presque en sang, mais tu as réussi à t'échapper. Un regard vers le dôme au-dessus de toi t'informe que le singe géant s'y trouve encore. Il hurle de plus belle.

Mais c'est un autre cri qui attire à présent ton attention. Celui d'Alicia, qui court vers toi !

Macintosh est sur ses talons !

Vous tombez dans les bras les uns des autres, avant que tu ne dévoiles la relique en forme d'aigle.

Oui, décidément, tu as vraiment la vocation d'un explorateur !

00 : 00

Tu as survécu ! Bravo à toi pour avoir rapporté l'une des précieuses reliques du temple. Il en reste néanmoins trois à trouver, alors n'hésite pas à retourner dans le temple de Cetho Wukir !

02:25

Tu cries « UBAN ! » de toutes tes forces tandis que le chef des contrebandiers tire un nouveau coup. Tu entends la balle siffler près de ton oreille droite. Elle n'est pas passée loin !
Rien ne se produit.
Trois secondes plus tard, tu décides de crier à nouveau.
- UBAN !
- Assez ! hurle le plus grand de tes ennemis.
Il tire, et cette fois tu ressens une douleur atroce sur le devant de ton crâne. Tu t'effondres en lâchant la relique, que le chef récupère *in extremis* avant qu'elle ne se fracasse sur le sol.
Ton dernier éclair de conscience te remémore la tablette. Le mot « UBAN » correspondait au dessin du monstre faible, recroquevillé, la tête baissée. Tu as sûrement interprété cela comme un signe d'obéissance de sa part, mais tu te dis à présent que tu aurais mieux fait de crier « GUMRU » pour déclencher sa fureur contre les contrebandiers.
Mais c'est trop tard et te voilà mort...

PERDU !
Pour retenter ta chance, retourne à la page 64.

23:55

Tu avances dans ce tunnel sombre avec prudence. Il t'est impossible de voir quoi que ce soit autour de toi, et cette obscurité est trop effrayante pour que tu continues de progresser dans ces conditions. Aussi, tu fais demi-tour, avec la ferme intention de saisir une torche dans la pièce précédente et de l'emporter pour poursuivre cette exploration. D'ailleurs, à cet instant, une question te taraude : qui a allumé toutes ces torches ? Qui entretient les feux dans ce temple et pour qui ? Est-ce la tâche de prêtres chargés de l'entretien de Cetho Wukir ? Ou bien celle-ci a-t-elle été accomplie par d'autres explorateurs ? Si ce n'est pas l'indice du passage de quelques contrebandiers en quête de trésors, tout comme toi, mais à la motivation plus pécuniaire...

Et pourquoi ne serait-ce pas l'esprit du temple, si l'on veut bien croire aux contes et légendes, qui maintiendrait les tréfonds du lieu en l'état ?

Bref, c'est avec cette question te trottant dans la tête que tu parviens à retirer un flambeau du mur. Avec cette source de lumière vive, tu as bien moins peur d'avancer.

Ta confiance remonte en flèche, et tu es certain que tu atteindras bientôt la sortie pour retrouver Alicia et Macintosh.

Mais, dans un lieu comme Cetho Wukir, un excès de confiance mène au désastre. Ta vigilance s'est relâchée, et tu poses imprudemment le pied sur une dalle du couloir qui s'enfonce instantanément sous ton poids. Un bruit stressant d'engrenages mécaniques se fait alors entendre. Tu veux faire un pas de côté, mais c'est trop tard !

Une trappe s'ouvre et tu tombes dans un puits... sans fin !

Ou presque : tu aperçois de l'eau au fond, une étendue d'eau que tu imagines – ou espères – profonde. Tu vois aussi, plus proche, une poutre de pierre, vers laquelle tu te diriges tout droit. Tu peux l'éviter... ou bien tenter de t'y accrocher pour ne pas tomber dans l'eau, qui ne pourrait être qu'une simple flaque.

La sensation de chute libre n'amoindrit pas ton esprit d'initiative et ton goût de l'acrobatie. Tu dois faire un choix, rapidement !

Agrippes-tu la poutre de pierre ? C'est à la page 125.
Ou bien te laisses-tu tomber jusqu'au fond du puits ? C'est à la page 146.

19:10

Il te faut une sacrée dose de courage pour viser la poutre et l'agripper malgré la vitesse de ta chute. Mais tu y parviens ! Tu as l'impression de recevoir un grand coup de scie dans les épaules et les biceps lorsque tu te réceptionnes, mais tu ne lâches rien, même pas un cri de douleur. En bas, ta torche rejoint l'eau dans une gerbe, tandis que te voilà pendu à la pierre, avec, devant toi – sublime perspective – une trouée dans le mur qui donne sur l'extérieur ! Tu t'imprimes alors un mouvement de balancier à l'aide de tes bras pour prendre de l'élan et, quand tu juges que cette seconde acrobatie est envisageable, tu lâches la poutre pour atterrir sur un petit remblai de terre devant l'ouverture.

Tu n'es pas peu fier de cette manœuvre. Mais attention ! Tu t'interdis tout triomphalisme et règles le curseur de ta confiance sur le niveau « modéré ».

Tu as bien raison car, si c'est bien la lumière du jour que tu retrouves à l'extrémité de ce dernier tunnel, tu entres pourtant dans une pièce, à l'architecture incroyable.

Tu n'es certainement pas au bout de tes surprises!

Va à la page 42 pour t'en rendre compte...

22:35

Cette cavité ne te dit rien qui vaille et tu préfères continuer à escalader l'échelle de bambou jusqu'à la lumière. Au moins, là-haut, tu es certain de retrouver le soleil et de ne pas replonger dans les tréfonds du temple par une voie détournée.

Tu poursuis donc ton ascension. Les derniers barreaux te semblent bien usés mais, malgré quelques frayeurs, tu parviens au sommet. Tu te hisses sur la plateforme, bien heureux de revoir la lumière et de sentir les rayons du soleil, qui te réchauffent et sèchent tes vêtements. Tu es vraiment soulagé car, en plus, l'échelle s'est décrochée instantanément de la plate-forme lorsque tu as posé ton pied sur le dernier barreau, te coupant toute possibilité de retraite.

Où te trouves-tu donc ?

Tu ne mets pas longtemps à deviner que tu es monté tout en haut du temple, non à son point culminant, mais tout près, au sommet d'un stûpa dépourvu de dôme. Et quelle n'est pas ta stupeur lorsque tu découvres un hélicoptère posé au milieu des pierres. À peine as-tu fait deux pas dans sa direction que l'homme aux commandes de la machine lance les deux rotors dans un bruit assourdissant. Ce puissant sèche-cheveux n'est pas pour te déplaire, vu ton état, mais tu ne saisis pas la raison de la présence d'un tel engin en ce lieu.

Le pilote, qui t'a aperçu, te fait de grands signes pour te dissuader d'avancer et que tu le laisses décoller. Hors de question. L'échelle de bambou n'étant plus une option, l'hélicoptère s'avère être le seul moyen pour toi de gagner la terre ferme et de retrouver Macintosh et tes amis.

Le pilote s'en fiche bien et commence à tirer son levier pour faire décoller sa machine. Tu ne te démontes pas et tu agrippes juste à temps l'une des barres d'atterrissage. L'engin décolle et te voilà suspendu dans le vide à une dizaine de mètres du sol du stûpa.

Grâce à tes abdos et à une audacieuse acrobatie, tu parviens à te hisser à hauteur de la porte passager. Le pilote, qui était sympathiquement resté en position stationnaire, finit par l'ouvrir.

– Tu es malade ?! éructe-t-il en français.

Il a crié si fort que tu l'as aisément entendu malgré le vacarme des rotors. D'un geste, il t'ordonne de mettre un casque.

– Qu'est-ce que tu fiches là ?

Tu lui retournes la question.

– Je suis archéologue, répond-il, rattaché au Muséum d'histoire naturelle de Paris. Je suis ici pour effectuer des fouilles.

Mais il n'a pas le temps de t'en dire plus, car un second hélicoptère, bien plus gros que le sien, surgit dans votre champ de vision.

L'archéologue français jure grossièrement avant de lancer sa machine à pleine vitesse.

– Il ne faut pas que ces fumiers nous interceptent! hurle-t-il.

Tu n'as même pas besoin de demander pourquoi, le pilote te renseigne :

– Ce sont des contrebandiers néerlandais. Ils sont là pour voler les quatre reliques du temple et les revendre à un riche collectionneur de Boston. Ils en ont après moi parce que je suis parvenu à dessiner un plan des tréfonds du temple, en précisant les salles où sont susceptibles de se trouver ces précieuses statues...

Il désigne du regard une simple chemise de papier rouge posée entre lui et toi. La chemise qui contient les plans. À cet instant, un crépitement intense se fait entendre... L'hélicoptère ennemi vous tire dessus! Allons bon!

Tu auras échappé aux pièges souterrains de Cetho Wukir pour terminer criblé de balles dans les airs !

– Ces fumiers veulent nous forcer à atterrir, mais je ne vais pas me laisser faire..., annonce le Français. Tu vois le petit boîtier de commande, là, sur ta droite ?

Tu acquiesces.

– Le bouton de droite actionne la mitrailleuse légère avant. Celui de gauche, la mitrailleuse arrière. Le bouton du milieu lâche un écran de fumée. Je te fais confiance. Tu vas m'aider à nous débarrasser d'eux...

C'est à toi de décider.

Vas-tu te servir des armes désignées ? Dans ce cas, va à la page 53.

Ou bien préfères-tu passer ton tour et insister auprès du pilote pour qu'il exécute quelques figures de voltige afin de fuir le combat ? C'est alors à la page 46.

Tu sèches : tu as essayé plusieurs nombres déjà, mais pas un ne correspond. Un dernier comptage peut-être... en incluant le « t » éventuel présent dans les deux mots que tu as ajoutés aux phrases.

Une dernière chance...

Si tu ne trouves toujours pas la réponse et que tu assistes à la chute du dernier grain de sable de la clepsydre, alors tu vas aussi assister à ta mort programmée.

Car, cette fois, ce ne sont pas des aiguilles de trente centimètres qui surgissent des murs, mais des lances de plus de deux mètres, parcourant plus de la moitié du jardin dans un sens et dans l'autre. Tu ne peux pas échapper à ces lames, qui te transpercent de toutes parts.

Ce jardin aura été ton tombeau.

PERDU !

Pour retenter ta chance, retourne à la page 123.

06:05

Un dernier effort ! Tu luttes contre la force centrifuge et pèses de toutes tes forces contre la paroi du wagonnet opposée au précipice. Tu crois ne jamais y arriver, mais tu finis par redresser le véhicule, qui vient, avec fracas, reposer ses deux roues droites sur les rails.

Vous filez à nouveau dans une énième galerie. Assise dans le wagonnet, Alicia t'adresse un clin d'œil tout en te montrant la relique qu'elle tient fermement contre elle.

La vue de la statue te remplit d'optimisme.

Et il y a de quoi ! Ce sentiment est décuplé lorsque, après une centaine de mètres, votre wagonnet émerge à l'extérieur, dans un flash de lumière.

C'est le soleil, la liberté !

Vous vous trouvez en pleine nature, au milieu d'une clairière au cœur de la jungle, aménagée en une petite gare désaffectée qui tombe en ruine. Votre véhicule d'acier a vivement ralenti et bientôt il s'arrête, presque paisiblement, contre une butée.

Tu sautes à terre en même temps qu'Alicia et, après un bref coup d'œil vers le ciel pour apercevoir les hauts dômes du temple, vous vous mettez à courir dans la forêt en direction des stûpas.

Tu as tellement hâte d'entendre les félicitations de John Macintosh, ton idole, lorsque tu lui remettras, avec Alicia, la relique du taureau entre les mains...

C'est bien simple : tu n'as jamais été aussi fier de toi qu'en cet instant où tu cours aux côtés d'Alicia vers le temple de Cetho Wukir.

00 : 00

Tu as survécu ! Bravo à toi pour avoir rapporté l'une des précieuses reliques du temple. Il en reste néanmoins trois à trouver, alors n'hésite pas à retourner dans le temple de Cetho Wukir !

HORS-JEU

— Monsieur le professeur, je crois que vous faites erreur.

Challendoyle s'installa à son bureau, dans son laboratoire de l'université de Djakarta.

— Je vous dis qu'un singe géant rôde dans le temple de Cetho Wukir ! Une créature ancestrale, un dieu vivant... Mon ami Macintosh, l'explorateur, m'a transmis des photos de gravures témoignant de son existence. Il s'est rendu au temple récemment, avec un groupe de jeunes aventuriers.

L'assistant de Challendoyle ricana.

— Ça ne prouve rien ! Où sont les empreintes, les...

On frappa à la porte.

— Qui peut bien venir nous déranger à minuit passé ?

L'assistant ouvrit... et poussa un cri de terreur. Un singe haut de deux mètres lui faisait face. Ses yeux immenses étaient violets, son nez consistait en une cicatrice purulente, et ses dents, tranchantes comme des lames de rasoir, dégoulinaient de sang. Le monstre rugit, puis ne fit qu'une bouchée du jeune savant incrédule.

09:45

Plus que quelques grains de sable dans la clepsydre... Une dernière aide, un ultime indice... Retourne la tablette de pierre pour y voir plus clair... Mais si, après cela, rien n'y fait, alors...

Trop tard ! Dommage d'avoir résolu la première énigme et d'avoir séché sur la seconde. Oui, celle-ci était peut-être un tout petit peu plus difficile, mais à peine. Et c'est pour cette raison que le châtiment pour avoir échoué est moins douloureux que dans le premier jardin.

Il ne s'agit pas de rendre ta mort moins douloureuse, mais plutôt moins sanglante. Aussi, lorsque les centaines de fleurs présentes sur les murs et les parterres commencent à diffuser leur poison sous une forme gazeuse, tu ne peux y échapper et tu ne tardes pas à respirer ce parfum de mort. La toxine ne se contente pas de te foudroyer sur place, non, elle se diffuse dans ton corps tout entier pour tétaniser chaque muscle qui le constitue, te plongeant dans une effroyable souffrance qu'il t'est impossible d'abréger puisque tu ne peux plus bouger du tout.

Heureusement pour toi, ta mort est imminente.

Toc, toc, toc !

PERDU !

Pour retenter ta chance, retourne à la page 123.

Puisque c'est ta décision, tu informes Alicia que tu t'engageras le premier dans le boyau.

Elle acquiesce, non parce qu'elle manque de courage mais parce qu'elle porte la précieuse relique et que sa mission à elle consiste à la garder intacte jusqu'à votre sortie du temple.

Tu t'engages donc dans l'obscur conduit. Cela sent atrocement le soufre, et tu as presque envie de vomir. Tu rampes, et parfois tu dois creuser.

Lorsque tu t'arrêtes pour reprendre ton souffle, tu entends des bruits étranges, comme des insectes en activité tout autour de toi, mais tu tâches de ne pas trop y prêter attention.

Combien de temps passes-tu dans cet espace réduit et inhospitalier ?

Tu n'en sais rien, mais quelle n'est pas ta joie lorsque, après avoir usé tes ongles sur une grosse motte de matière visqueuse, tu distingues une vive lumière devant toi. Cela t'éblouit comme un flash !

C'est le jour ! Le soleil ! La liberté !

Tu hurles ta joie, et Alicia, qui rampe derrière toi, crie à son tour, ce qui t'incite à accélérer la cadence.

Vous sortez du boyau en pleine jungle, dans une petite clairière peuplée de serpents et d'araignées et de toutes sortes de bêtes sauvages, qui fuient lorsqu'ils vous voient débarquer, sales et hirsutes.

C'est la liberté !

Devant vous, au-dessus des grands arbres de la jungle, par-delà le feuillage des banyans majestueux, apparaissent peu à peu quelques dômes du temple de Cetho Wukir.

C'est là-bas que John Macintosh et tout votre groupe doivent vous attendre.

Tu as hâte de lire sur le visage de ton idole sa satisfaction et sa fierté de compter dans ses rangs un adolescent aussi intrépide et valeureux que toi.

Car Alicia et toi avez trouvé l'une des quatre reliques. Vos noms resteront à jamais gravés dans le livre d'or des grands explorateurs.

Au comble de la joie, vous sautez et courez à travers la jungle !

00 : 00

Tu as survécu ! Bravo à toi pour avoir rapporté l'une des précieuses reliques du temple. Il en reste néanmoins trois à trouver, alors n'hésite pas à retourner dans le temple de Cetho Wukir !

05:40

Le vieil homme te fait signe de t'asseoir près de lui, sur le banc, puis replonge dans sa méditation. Tu attends quelques instants, et puisqu'il ne semble finalement rien vouloir te dire, tu fais mine de te lever. Le vieillard te retient d'une poigne ferme.

– Il te faudra faire attention au singe géant, murmure-t-il. Quant au reste...

Ta tête commence à te tourner terriblement, une vive nausée s'empare de toi, et tu es à deux doigts de t'effondrer sur le sol. Le vieil homme t'aurait-il drogué ou administré un quelconque poison par la seule imposition de ses mains ? Tu n'en sais rien, mais te voilà plongé dans une sorte de sommeil conscient. Les derniers épisodes de tes aventures dans le temple de Cetho Wukir défilent devant tes yeux. Tu as aussi d'étranges visions : la relique du taureau, qui se trouve dans une sorte de wagonnet de mine, la relique de l'aigle, entourée de grandes flammes, et enfin la statuette représentant le cygne, immergée au centre d'une cité sous-marine.

Lorsque tu reprends conscience, tu es seul sur le banc ; le vieillard a disparu, comme par magie.

Tu te lèves en pensant aux trois visions que tu as eues. As-tu vu en pensée les endroits où se trouvent les trois autres reliques du temple de Cetho Wukir ?

Tu en es intimement persuadé.

Mais, au premier pas que tu fais, tu t'aperçois que tu n'es plus, toi non plus, au même endroit que tout à l'heure, dans le jardin.

C'est extraordinaire !

Va à la page 144 pour savoir ce qui a bien pu t'arriver...

03:35

Le soleil t'aveugle lorsque tu te retrouves à l'air libre, sur le parterre d'herbe qui se trouve devant la façade ouest du temple de Cetho Wukir. Ce n'est pas loin de votre camp de base.

Tu as hâte de revoir tes copains et tu cours donc en contrebas, tout près de la rivière. Tu ne tardes pas à apercevoir vos tentes, et tu appelles l'explorateur ainsi que ton amie allemande.

C'est Alicia qui est la plus prompte à sortir de sa tente. Elle court dans ta direction, folle de joie. Elle remarque vite que tu tiens la relique du lion entre tes mains. Elle est ébahie!

Et lorsque le grand Macintosh vous rejoint, suivi de tous tes autres camarades, tu lui tends fièrement le lion. L'explorateur tombe à genoux, au bord des larmes.

– Tu es déjà digne des plus grands, déclare-t-il en ébouriffant ta tignasse.

Évidemment, cette parole te remplit d'une fierté infinie.

00 : 00

Tu as survécu ! Bravo à toi pour avoir rapporté l'une des précieuses reliques du temple. Il en reste néanmoins trois à trouver, alors n'hésite pas à retourner dans le temple de Cetho Wukir !

01:55

Le banc sur lequel tu étais assis n'était pas le banc de pierre du jardin... mais celui, en plastique, qui se trouve au milieu de votre camp de base ! Il semblerait que le vieil homme, non content de t'avoir fait voyager mentalement, t'ait aussi offert un périple plus physique en direction des tiens.

Tu appelles alors, l'un par son nom et l'autre par son prénom, ton idole et ton amie allemande.

Macintosh sort aussitôt de sa tente, comme éberlué. Alicia fait de même et se jette dans tes bras, trop heureuse de te retrouver. Tu es définitivement son héros.

L'explorateur écossais ne tarde pas à remarquer ce que tu tiens entre tes mains. Tu lui tends la relique et devines à ses yeux rougis par l'émotion qu'il tente de contenir ses larmes.

– On peut dire que tu nous as causé du souci, mon fils ! s'exclame-t-il.

« Mon fils »... Quel honneur pour toi !

– Mais tout est bien qui finit bien, ajoute-t-il avant de brandir la relique du lion Simha, qui rugirait presque, baignée du grand et beau soleil de l'île.

00 : 00

Tu as survécu ! Bravo à toi pour avoir rapporté l'une des précieuses reliques du temple. Il en reste néanmoins trois à trouver, alors n'hésite pas à retourner dans le temple de Cetho Wukir ! D'autant que le vieil homme t'a donné quelques indices sur leurs emplacements respectifs...

18:00

Ta chute se termine dans une eau étrangement tiède et pure, que tu trouves même agréable. Curieux, à une telle profondeur... Mais tu ne vas pas t'en plaindre, bien au contraire.

Il ne s'agit tout de même pas, pour toi, de rester dans cette piscine naturelle dont tu ignores tout. Tu n'y as pas pied et tu commences à te fatiguer, à essayer de te maintenir à la surface. Cependant, tu ne repères aucune ouverture dans le puits pour te tirer d'affaire. Alors, il va te falloir plonger.

Tu t'exécutes, en gardant les yeux ouverts. Et tu aperçois aussitôt un petit boyau à un mètre sous la surface de l'eau. Tu veux t'y engouffrer immédiatement, mais tu juges plus prudent de remonter à la surface pour faire le plein d'air dans tes poumons.

Une fois cette manœuvre effectuée, tu replonges aussitôt en espérant que le boyau se termine vite, afin que tu puisses émerger avant l'asphyxie.

Heureusement pour toi, ta traversée sous-marine ne dure qu'une vingtaine de secondes et tu retrouves rapidement la surface d'un lac, cette fois, un véritable lac souterrain bordé par un gros rocher un peu surélevé. Tu te hisses dessus pour te mettre au sec, et quelle n'est pas ta surprise en découvrant, couchée sur le sol, une silhouette humaine. C'est une jeune fille aux longs cheveux châtains frisés, qui a tourné sa tête contre le mur. Tu n'en crois pas tes yeux... C'est Alicia !

Tu cries le nom de ton amie, qui se retourne aussitôt. Elle crie ton prénom en retour et se lève pour se jeter dans tes bras.

– Je suis si heureuse de te retrouver ! souffle-t-elle.

Tu lui demandes si elle est tombée dans le puits, elle aussi. Elle secoue la tête.

– Non, je suis tombée dans une pièce il y a deux minutes à peine, par une trappe qui s'est ouverte quand je cherchais un moyen de te faire sortir de cette salle de malheur qui se remplissait d'eau. J'entendais tes appels au secours, c'était horrible ! J'ai glissé sur une sorte de toboggan, et puis j'ai débouché par ici...

Elle désigne une ouverture en hauteur taillée dans la roche, à cinq mètres au-dessus de la surface du lac. Puis son regard se rembrunit.

– Si tu es arrivé en tombant dans un puits, je ne vois pas comment on va pouvoir quitter ce lieu...

Tu ne veux pas être défaitiste et tu serres fort la main d'Alicia pour lui communiquer ton courage. Vous allez survivre aux dangers du temple de Cetho Wukir !

Tu lui demandes si elle a cherché une issue dans le lac. Alicia te répond qu'elle n'a pas eu le temps de faire grand-chose, mais qu'elle a plongé une fois, en effet, et qu'elle a aperçu trois conduits. Le premier doit être celui que tu as déjà emprunté. Restent les deux autres. En priorité, tu pars explorer cette plage rocheuse où vous vous tenez, et tu découvres, un peu plus loin sur ta droite, une excavation dans laquelle se trouve un vieux coffre en bois vermoulu. Ni une ni deux, tu ramasses une pierre pour vandaliser la serrure, qui cède facilement. Lorsque tu l'ouvres, tu as l'impression de te trouver face à une grande lumière. Le coffre contient tout un équipement de plongée en double exemplaire : combinaisons, masques, palmes et même bouteilles, abandonnés là par de précédents explorateurs ou bien par de vils contrebandiers. Alicia serre le poing.

– Pile ce qu'il nous fallait pour explorer les conduits.

Tu vérifies que les bouteilles contiennent bien de l'oxygène, puis tu sors tout l'attirail du coffre.

Après une première plongée sans équipement, tu corrobores les observations d'Alicia : il existe bien deux conduits que vous n'avez pas explorés.

Le premier mesure deux mètres de diamètre et s'enfonce vers la gauche.

Le second est plus étroit et s'enfonce à pic plus profondément encore.

Tu dois prendre une décision.

Vas-tu explorer le premier conduit ? Dans ce cas, va à la page 152.

Préfères-tu explorer le second conduit ? C'est à la page 166.

Ou bien, troisième possibilité, préfères-tu rester au sec et essayer de grimper la paroi rocheuse pour atteindre l'endroit par lequel est arrivée Alicia ? C'est alors à la page 150.

13:15

Tu en as plus que marre de l'eau et tu penses qu'il vaut mieux essayer de s'échapper par les hauteurs que par les profondeurs. C'est ton choix, et si Alicia le respecte, elle préfère, quant à elle, rester sur la terre ferme et ne pas tenter cette manœuvre.

Peu importe, tu es assez courageux pour la risquer en solitaire.

Tu nages donc jusqu'à la paroi rocheuse qui se trouve sous le trou. Il va te falloir escalader cinq mètres sans matériel, simplement à l'aide de tes mains et de tes pieds, mais la roche de soufre, à cet endroit, est criblée de multiples cavités, ce qui va faciliter ton avancée.

C'est ce que tu penses lorsque tu gravis sans encombre les deux premiers mètres.

Mais ta joie est de courte durée.

Après avoir glissé ta main dans une fissure de la paroi, tu ressens une très vive douleur à l'index. Tu la retires aussitôt et t'aperçois qu'une bête t'a piqué : deux petits points rouges se dessinent sur ta peau. Deux tout petits points. Alors pourquoi la douleur est-elle aussi intense ? Pourquoi perds-tu aussi vite connaissance et dégringoles-tu, depuis ta position, dans le lac ?

Et surtout pourquoi, lorsque Alicia vient te chercher pour te ramener sur la roche, es-tu déjà mort ?

Certainement à cause de cette morsure d'*Haplopelma schmidti*, l'une des araignées les plus venimeuses au monde, au corps jaune et aux pattes beiges et velues.

PERDU !

Pour retenter ta chance, retourne à la page 146.

13:45

D'un commun accord, Alicia et toi décidez de vous engager dans le conduit le plus large et qui ne semble pas descendre encore plus profondément dans les tréfonds du temple de Cetho Wukir. Puisque tu as une petite expérience de la plongée sous-marine, grâce à un stage effectué l'année dernière pendant les vacances d'été, tu aides la jeune Allemande à disposer correctement son masque et à installer les deux bouteilles d'oxygène dans son dos. En quelques mots, tu lui en résumes le fonctionnement en insistant sur le détendeur, dispositif servant à réguler la pression du gaz fourni et sur lequel elle doit particulièrement veiller.

C'est le moment de plonger ! Les bouteilles pèsent lourd dans votre dos, mais tu as hâte, car la conquête de votre liberté est à ce prix.

Une fois devant le conduit, d'un geste tu informes Alicia que tu vas ouvrir la route. Elle lève le pouce pour te dire que cela lui va parfaitement, et tu t'élances donc en battant fort des jambes et des pieds afin que le mouvement des palmes te propulse vers l'avant.

Ce boyau est bien plus long que le précédent et sa traversée aurait été tout simplement impossible sans équipement de plongée.

Deux minutes plus tard, tu débouches déjà dans une immense cavité totalement immergée, dont il t'est impossible d'appréhender les dimensions.

Mais la vision qui s'offre à toi – et bientôt à Alicia – est absolument fascinante.

Vous venez de découvrir une ancienne cité déchue, cachée sous les eaux. Tous les bâtiments semblent encore intacts. Tu distingues des habitations en pierre, des temples, et même la façade d'un grand palais, un peu plus en profondeur. Tu retrouves sur celle des demeures les mêmes statues que sur celle du temple de Cetho Wukir, de curieux monstres mythologiques, ainsi que des inscriptions indéchiffrables. La plupart des murs sont recouverts de mousse ou d'herbes sauvages aquatiques ; des filaments de plantes multicolores sortent par quelques fenêtres, comme des lianes qui remonteraient à la surface. Tu distingues même des bancs de poissons se faufilant entre les ouvertures – portes et fenêtres – des habitations.

L'endroit est si merveilleux et plongé dans un tel calme que vous restez ainsi longtemps, l'un à côté de l'autre, dans sa contemplation.

Mais tu n'oublies pas que vos réserves d'oxygène sont limitées et qu'il te faut agir plutôt qu'admirer. D'ailleurs, tu évoquais à l'instant le calme olympien de cet endroit, mais il te semble qu'il y a là-bas, derrière le vestige d'un temple, sur ta droite, comme une agitation. L'eau paraît remuée, et de grosses bulles montent à toute vitesse vers la surface. Alicia aussi l'a remarqué et désigne l'endroit avec son doigt.

Que vas-tu faire ?

Prendre la direction du temple pour connaître la raison de cette agitation ? C'est à la page 155.

Ou bien ne pas t'en mêler et aller en direction de l'imposant palais, dont ton sixième sens te dit qu'il abrite très certainement un indice ? C'est à la page 158.

À quelques mètres du temple, tu te trouves pris dans un fort courant contraire, et il te faut battre des pieds plus énergiquement encore et t'aider de tes mains pour atteindre la façade du monument immergé. Pour ne rien arranger, l'eau est glaciale à cet endroit. Heureusement, ta combinaison atténue la morsure du froid. Tu réussis à t'agripper à une statue représentant une sorte de serpent ailé. Un coup d'œil derrière toi t'informe qu'Alicia est parvenue au même point que toi. Tu décides alors de progresser en t'accrochant à la façade, car le courant ne faiblit pas.

Arrivé à une arête, tu peux enfin voir ce qui cause cette agitation. Et ton sang se fige instantanément dans tes veines devant cette scène.

Tu te retrouves à deux mètres à peine d'un gigantesque reptile, une sorte de lézard, ou plutôt un dragon de Komodo – Macintosh vous a informés de leur présence en nombre dans et autour du temple. Et ce dragon agressif est en train de se battre, ou plutôt de déguster sa proie ! Il s'acharne sur la dépouille d'un plongeur, vêtu, lui aussi, d'une combinaison. L'eau est teintée de rouge tout autour du dragon. Ce spectacle est terrifiant. Il vous faut absolument éviter d'entrer dans le champ de vision de la créature.

Tandis que le plongeur est secoué en tous sens par la bête, tu aperçois un objet qui s'échappe d'un sac qu'il porte contre son ventre. Tu te concentres pour mieux distinguer ce dont il s'agit et tu as du mal à en croire tes yeux : c'est une statuette en forme de cygne. C'est l'une des quatre reliques de Cetho Wukir, celle qui représente le cygne Hamsa ! Tu vois la statuette couler à pic, avant d'atteindre le sol de sable quelques instants plus tard, dans lequel elle commence doucement à s'enfoncer. Évidemment, la tentation est immense de plonger pour la récupérer avant qu'elle ne disparaisse. Quelle fierté serait la tienne, si tu pouvais rapporter du temple une relique ! Macintosh te tresserait certainement une énorme couronne de lauriers !

Tu te retournes aussitôt pour vérifier si Alicia a vu, tout comme toi, la relique, et ton corps se met à pulser atrocement dans ta poitrine. Un second dragon de Komodo fonce droit sur elle, la gueule béante. Tu fais de grands gestes à l'intention de ton amie, qui à son tour se retourne, juste à temps pour éviter la morsure. Tandis que le reptile manœuvre pour tenter sa chance une seconde fois, Alicia désigne le sol de sa main : la jeune Allemande te fait signe d'aller chercher la relique, qui ne dépasse plus du sac que de quelques centimètres. Elle se débrouillera seule. Tu l'en sais capable, mais tu hésites.

Alors ?

Plonges-tu en direction de la statuette de cygne ? C'est à la page 163.

Ou bien préfères-tu rester avec Alicia pour l'aider à vaincre le reptile ? C'est à la page 160.

06:20

Mieux vaut ne pas t'exposer à un quelconque danger, avec tout cet attirail que tu portes sur les épaules. Alors tu évites soigneusement le temple pour prendre la direction du palais en compagnie d'Alicia, qui te suit à un petit mètre de distance.

Le bâtiment de pierre est gigantesque, et tu penses aussitôt au principe des poupées gigognes, car ce palais est abrité par le temple de Cetho Wukir. Même s'il est truffé de mille dangers, ce lieu est absolument prodigieux et mériterait qu'on l'inscrive sur la liste des merveilles de l'humanité. C'est d'ailleurs l'une des motivations essentielles de Macintosh, la tienne et celle d'Alicia : trouver les reliques, et prouver ainsi leur existence, puis obtenir la sauvegarde du temple pour des siècles et des siècles afin qu'il ne soit plus pillé par des contrebandiers sans scrupules.

Alicia et toi êtes en train de vous concerter pour choisir l'entrée la plus propice lorsque tu sens dans ton dos un puissant courant d'air froid.

Ton amie a un mouvement de recul. Elle a vu ! Elle a vu le dragon de Komodo qui à cet instant te fonce dessus !

Tu donnes de puissants coups de palmes pour remonter dans l'eau, et le reptile rate sa cible. Heureusement pour toi, car cette bête hideuse est si gigantesque que sa gueule pourrait vous avaler tout entiers, voire tous les deux en une seule bouchée !

Tu l'as évitée, oui, mais, à présent, elle fonce en direction d'Alicia !

Va aider ton amie à la page 160 !

03:50

Que faire pour lutter contre cette créature, à part fuir ? Mais elle sera toujours plus rapide que vous ! Alicia a à son tour esquivé un assaut, mais le monstre ne laissera pas tranquilles ses nouvelles proies avant d'en avoir fait son déjeuner !

Il semble que le dragon ait choisi d'attaquer Alicia en priorité. Tu ne vas pas te contenter de regarder en te glissant à l'écart, non, il te faut trouver un plan.

Tandis que ton amie échappe à une autre offensive, ton regard est attiré par un éclat sur le mur de pierre qui se situe tout près de toi. Tu bascules le plus rapidement possible pour aller voir de quoi il retourne et tu découvres que l'éclat provient de la lame d'un couteau sacrificiel abandonné en ce lieu. Sans hésiter, tu t'en empares et rejoins la jeune Allemande. Tu la sens exténuée par les assauts répétés du monstre et, tout en lui montrant l'imposante lame, tu lui fais signe de se retirer du combat en remontant un peu vers la surface.

Le dragon est décontenancé par cette manœuvre, mais cela lui importe peu, au fond, puisqu'il va pouvoir t'attaquer à la place. Sauf que, lorsqu'il te fonce dessus, la gueule ouverte, tu fais un petit écart et plantes carrément la lame du couteau dans son œil droit.

À son tour, le reptile fait rapidement un écart et te donne un puissant coup de tête, qui te fait expulser le diffuseur d'air de ta bouche. Heureusement, tu le replaces en vitesse. Tu as planté si profondément la lame dans l'œil du dragon qu'elle y est restée fichée. Le monstre a à présent d'autres soucis que celui de se trouver un déjeuner, et tu le vois s'éloigner à toute allure, avec des soubresauts de douleur, avant qu'il ne disparaisse totalement de votre champ de vision.

Alicia te rejoint et te félicite à nouveau en levant le pouce. Tu découvres alors qu'elle est blessée à l'épaule. Un bout de sa combinaison en Néoprène a été arraché et elle perd un peu de sang. Il vous faut agir vite.

Après un court trajet, vous entrez dans le palais et gravissez les étages jusqu'au dernier, qui n'est plus submergé. C'est ici que vous vous débarrassez de vos bouteilles, de vos masques et de vos palmes, avant de trouver une porte qui s'ouvre sur un tunnel baigné de lumière.

C'est un conduit vers l'extérieur ! Probablement celui par lequel est entrée toute cette eau durant la mousson !

Mais tu analyseras tout cela une autre fois. Vous débouchez au grand jour, à l'est du temple de Cetho Wukir. Votre camp n'est pas loin, et tu soutiens Alicia, que sa blessure a considérablement affaiblie. Vivement qu'elle soit soignée.

Et vivement que vous racontiez vos exploits à Macintosh et à tous vos amis !

00 : 00

Tu as survécu ! Il te reste à retourner dans le temple de Cetho Wukir pour trouver une ou plusieurs de ces fameuses reliques !

02:55

Tu ne fuis ni le danger ni tes responsabilités, non. Tu décides simplement de faire confiance à Alicia pour sortir victorieuse de ce combat. Aussi plonges-tu immédiatement vers le sable, sans te soucier de ce qui se déroule plus haut. Tu arrives une seconde à peine avant l'ensevelissement total de la relique et tu parviens à la retenir en agrippant l'extrémité de la pierre représentant le bout de ses ailes. Tu l'as ! Tu la tiens ! Et tu réussis à l'extraire du sable entièrement. Dorénavant, tu ne la lâcheras plus !

Tu bats des pieds avec une force décuplée pour remonter avec la statue. Tu reviens à la hauteur d'Alicia. Elle attend sagement le dragon, qui effectue encore une manœuvre de demi-tour.

Sagement ? Ce n'est pas vraiment le terme. Car tu distingues un éclat dans la main de la jeune Allemande. Tu compenses le flou à travers ton masque en plissant les yeux pour mieux voir... Elle tient un couteau ! Un couteau sacrificiel qu'elle aura donc trouvé dans le temple ! La jeune fille n'hésite pas lorsque le monstre revient. Elle esquisse une attaque, avant qu'il ne parvienne à la renverser, mais elle a eu le temps de planter sa lame entre les deux yeux du dragon.

La bête se débat furieusement, avant de quitter les lieux à toute allure. Vous la voyez, avec soulagement, disparaître au loin.

C'est à ton tour de lever le pouce, pour féliciter Alicia. Mais ce n'est rien en comparaison de l'instant où tu lui tends la relique pour la lui montrer.

À présent, vous devez sortir au plus vite. Ton instinct te suggère de prendre la direction du grand palais immergé.

Après un court trajet, vous pénétrez à l'intérieur et gravissez les étages jusqu'au quatrième et dernier niveau, qui, lui, est au sec. C'est là que vous vous débarrassez de vos bouteilles, de vos masques et de vos palmes, avant de trouver une porte qui s'ouvre sur un tunnel baigné de lumière.

C'est un conduit vers l'extérieur! Probablement celui par lequel est entrée toute cette eau durant la mousson!

Lorsque vous retrouvez le soleil et l'air pur de l'île, vous poussez tous les deux des cris de joie. Une minute plus tard seulement, vous débarquez en trombe sur votre camp. Macintosh est le plus prompt à surgir de sa tente. Son bonheur de vous revoir sains et saufs est manifeste. Mais c'est lorsque tu lui tends la relique d'Hamsa le cygne que tu le sens au comble de l'émotion.

– Bravo ! s'écrie l'Écossais en brandissant fièrement la statuette face au soleil. Avec cette relique, nous allons pouvoir sauver le temple de la cupidité des contrebandiers !

Puis il ajoute :

– Si j'avais un fils, j'aimerais qu'il te ressemble !

Tu ne peux t'empêcher de rougir en entendant ce compliment, mais aussi devant le sourire que t'adresse Alicia.

00 : 00

Tu as survécu ! Bravo à toi pour avoir rapporté l'une des précieuses reliques du temple. Il en reste néanmoins trois à trouver, alors n'hésite pas à retourner dans le temple de Cetho Wukir !

16:20

Si ton instinct te dicte d'emprunter plutôt le conduit immergé qui s'enfonce encore dans les profondeurs, mieux vaut le suivre. Il t'a été de bon conseil jusque-là et t'a protégé de tous les dangers qui se sont dressés sur ton chemin.

L'été dernier, tu as participé à un stage de plongée sous-marine sur ton lieu de vacances ; tu peux donc aider la jeune Allemande à disposer correctement son masque et à installer les deux bouteilles d'oxygène dans son dos. En quelques mots, tu lui en résumes le fonctionnement, en insistant sur le détendeur, dispositif servant à réguler la pression du gaz fourni et sur lequel elle doit particulièrement veiller.

Vous vous élancez tous les deux, côte à côte. Tu insuffles le rythme, qu'Alicia suit sans le moindre souci. Les bouteilles pèsent lourd dans votre dos, mais vous n'y pensez plus une fois entrés dans le conduit.

La traversée vous semble interminable. Le conduit est sombre, presque noir. Heureusement que vous êtes équipés, car cette traversée aurait été impossible en apnée.

Puis tu aperçois un petit point lumineux, qui grossit au fur et à mesure de ton avancée. Tu nages plus vite, attiré par cette lumière qui, pour toi, symbolise la liberté.

C'est aller un peu vite en besogne.

Car, au bout du conduit, tu te retrouves prisonnier d'un nouveau bassin ; l'eau y est lumineuse, tu y vois comme en plein jour. Et quel spectacle s'offre là à tes yeux et à ceux d'Alicia !

Vous venez de trouver une cité, située à l'intérieur même du temple, à la manière des poupées gigognes. Sauf que cette cité a été totalement submergée, l'eau ayant fait d'elle une sorte de ville aquatique déchue et désertée. Tu distingues des habitations en pierre, des temples, et même la façade d'un grand palais, un peu plus en profondeur. Tu remarques sur l'extérieur des demeures les mêmes statues que sur celui du temple de Cetho Wukir : de curieux monstres mythologiques, serpents ailés, chouettes à la mâchoire de carnivore, tigres et lions, ainsi que des inscriptions indéchiffrables. La plupart des murs sont recouverts de mousse ou d'herbes sauvages, et des filaments de plantes multicolores sortent par quelques fenêtres, comme des lianes qui remonteraient à la surface. Tu aperçois même des bancs de petits poissons se faufilant par centaines non loin de toi.

L'endroit est si merveilleux et plongé dans un tel calme que vous restez ainsi longtemps, l'un à côté de l'autre, à l'admirer.

Mais votre contemplation est interrompue. Tu entends sur ta droite comme un glougloutement qui se rapproche, puis un sifflement. Horreur ! C'est un harpon qui filait dans ta direction et qui vient de passer à vingt centimètres à peine de ton visage. Tu lèves les yeux et découvres que vous n'êtes pas seuls dans ce bassin : quatre hommes-grenouilles, en combinaison eux aussi, et portant également des bonbonnes jaunes d'oxygène, braquent leurs harpons sur vous, en vous faisant signe de les suivre et de remonter rapidement à la surface.

Vous n'avez d'autre choix que celui d'obtempérer...

Va à la page 169 pour savoir qui sont ces intrus...

Qui sont-ils ? Tu en as bien une petite idée : pour agir ainsi, avec violence, ils ne peuvent être que des contrebandiers venus chercher les reliques de Cetho Wukir pour ensuite les monnayer contre des espèces sonnantes et trébuchantes.

Tandis que vous remontez vers la surface, tu fais des signes à Alicia afin qu'elle respecte les deux paliers de décompression élémentaires, pour ne pas risquer de perdre connaissance. Une fois à la surface, de grosses mains vous tirent sans ménagement vers une plage de sable noir où sont installés pas moins d'une dizaine d'hommes vêtus de combinaisons en Néoprène. Chacun possède un harpon, soit à la main, soit posé tout près de lui.

– Vous travaillez pour qui ? crache un colosse de plus de deux mètres dans un anglais teinté d'un fort accent germanique.

Il a l'air sidéré de découvrir deux adolescents, et non des adultes. Alicia, à qui l'on vient d'arracher son masque et ses bouteilles, lui répond dans sa langue maternelle :

– Pour le temple de Cetho Wukir.

L'autre ricane.

– Nous, on travaille pour notre compte en banque...

Il s'agit donc bien de contrebandiers, comme tu le pensais.

– Vous avez trouvé une relique, les jeunes ? demande un autre type qui se trouve dans votre dos.

Vous décidez, d'un regard complice, de ne pas répondre.

– Bon, apparemment pas, sinon vous l'auriez dans les mains. C'est que ça ne se conserve pas dans une poche, ça, madame !

Le contrebandier part d'un gros rire gras, qui se répercute dans toute la caverne. C'est à cet instant que tu découvres que ces hommes, malheureusement, possèdent, eux, une relique, et non des moindres... la statuette représentant le cygne Hamsa.

– On l'a trouvée dans un temple immergé à peu près à l'endroit où vous étiez tout à l'heure, précise le colosse, avec de la fierté dans la voix. Vous seriez arrivés cinq minutes plus tôt, la relique était à vous... Elle va bien nous rapporter cinq cent mille dollars ! On a déjà un acheteur du côté de Boston, aux États-Unis. Évidemment, si vous nous en aviez rapporté une autre, on aurait gagné le million...

Tu as presque envie de cracher à la figure du contrebandier, tellement il t'est antipathique. Ce sont des types dans son genre qui salissent la profession de chasseur de trésors.

Il t'a chauffé le sang, et tu sens chez Alicia le même agacement. Tu vois s'approcher de vous un type qui tient une corde dans une main. Bientôt, vous aurez les poings liés, et vos chances d'évasion seront réduites à néant.

C'est donc maintenant que tu dois agir.

Si tu veux bondir vers la relique, t'en emparer et menacer de la briser sur le sol pour faire peur aux contrebandiers, va à la page 172.

Si tu juges cette manœuvre suicidaire et que tu préfères ne rien tenter et attendre, va à la page 180.

`07:50`

Alicia a compris ton plan, et c'est ensemble que vous vous précipitez vers la petite table de bois sur laquelle est posée la relique. Les contrebandiers ont tout juste le temps d'écarquiller les yeux avant que tu ne t'empares du cygne et le lèves bien haut, au-dessus de ta tête. Il faut un sacré courage pour tenter une telle manœuvre, et, fort heureusement, tu n'en manques pas ! Alicia, elle, a raflé sur la table ce qui semble être l'étui de la statuette, une boîte en bois sculpté qui contient un curieux sachet d'algues.

Tu informes la bande qu'au moindre geste, tu lâches la statue sur le sol. Ce n'est plus du sable, à cet endroit, mais de la roche. La relique se briserait en mille morceaux.

– Cinq cent mille dollars partis en poussière, précise Alicia.

Trois harpons étaient pointés dans votre direction ; les paroles de ta jeune amie les ont fait baisser.

– Repose cette statuette et tu auras la vie sauve, dit le chef des contrebandiers.

Tu n'en crois pas un traître mot. Alicia profite de cet

instant, où tout est figé, pour s'emparer d'un couteau trouvé dans une boîte à outils. Les harpons se redressent, mais tu répètes ton avertissement et la menace cesse.

Alicia sectionne alors les tuyaux de toutes les bouteilles d'oxygène présentes sur le site, sauf ceux des vôtres. Splendide idée ! Ainsi, vous pourrez fuir sans risquer d'être suivis par les contrebandiers. Cela revient à crever les pneus des ennemis avant une course-poursuite en voitures !

Il vous faut une bonne dose de sang-froid pour continuer à tenir tête à ses bandits.

– Maintenant, annonce Alicia, vous allez nous laisser partir.

– Non ! rugit le colosse. Si tu pars avec la statuette, pour nous c'est pareil que si vous la cassiez, alors autant vous tuer !

Tout le monde ricane autour de lui. Elle est justement là, la différence entre ces types et vous : eux s'en fichent bien, de la relique ; ils sont là pour l'argent, et seulement pour l'argent.

Tu concèdes alors que tu laisseras la relique avant de plonger. Au fond, tu ne vois pas d'autre solution pour garder la vie sauve et regagner la surface. Tant pis pour le cygne Hamsa, il n'y a rien de plus précieux que la vie.

– C'est d'accord, grogne le chef.

Tu te diriges vers vos bonbonnes à oxygène, la relique toujours dans les mains, prêt à la lâcher à la moindre entourloupe, même si tu ne le souhaites pas. C'est un vrai déchirement pour toi. N'y aurait-il pas un moyen de fuir en emportant la statuette ? Tu imagines le bonheur de Macintosh et ta fierté à l'idée de lui tendre le précieux trésor... Tu échanges un regard avec Alicia, qui semble penser à la même alternative que toi. Vous cherchez, vous cherchez, et vous ne trouvez pas...

À moins de plonger sans bouteilles.

De plonger maintenant et de nager vite, très vite, en espérant trouver une autre plage non loin, avant que l'air ne vous manque. C'est osé. Est-ce jouable ?

Tu dois te décider sur-le-champ...

Vas-tu faire ce que tu as promis aux contrebandiers, c'est-à-dire t'équiper des bouteilles d'oxygène, puis leur abandonner la statuette avant de plonger ? Va alors à la page 175.

Ou bien décides-tu de changer tes plans et de plonger MAINTENANT, pour profiter de l'effet de surprise et conserver la statuette ? Pour mettre en œuvre ce plan un peu fou, c'est à la page 177.

03:45

Tu préfères privilégier la sûreté. Ta vie plutôt qu'une gloire même pas assurée.

C'est Alicia qui t'aide à disposer les deux bonbonnes à oxygène dans ton dos et à enfiler tes palmes et ton masque, afin que tu ne lâches pas la statuette.

Puis la jeune fille s'équipe à son tour, sous les regards haineux des contrebandiers.

C'est à présent l'instant fatidique : celui de poser la relique sur le sol et de plonger. Si vos adversaires sont des hommes de parole, ils ne tenteront rien durant ce court laps de temps.

Tu te penches alors vers le sol et, à contrecœur, tu déposes délicatement la précieuse statuette sur le sable.

Puis tu te retournes et t'apprêtes à plonger quand...

« Hommes de parole », tu parles ! Tu aurais dû t'y attendre, et Alicia aussi. À peine avez-vous tourné le dos que les dix contrebandiers se saisissent de leurs harpons et décochent chacun leurs flèches. Seules quatre d'entre elles parviennent à vous atteindre. Mais c'est hélas suffisant pour vous toucher mortellement. Alicia en reçoit une dans le cou, et toi en travers du flanc.

C'est sous les rires des contrebandiers, et tout près de la relique du cygne aux ailes de pierre tachées de votre sang, que vous agonisez...

PERDU !

Pour retenter ta chance, retourne à la page 146.

03:40

C'est complètement fou, mais ça te va si bien ! Au moment où Alicia se penche pour hisser les bouteilles d'oxygène sur ton dos, tu lui hurles de plonger dans le lac, et elle s'exécute aussitôt.

L'effet de surprise joue à plein, et les contrebandiers, pris au dépourvu, se saisissent de leurs harpons bien trop tard pour pouvoir vous viser. Vous avez disparu dans les profondeurs du lac, aidés par le poids de la relique, qui accélère votre descente.

Le hic, c'est que l'oxygène va bientôt vous manquer. Vous avez quoi... quarante secondes, une minute tout au plus devant vous, avant d'être forcés à refaire surface. Vous serez alors assez loin pour ne pas être pris pour cibles par les contrebandiers.

C'est alors qu'Alicia te montre le petit sachet d'algues qu'elle a enfoui dans la poche de sa combinaison. Un hiéroglyphe représentant un homme nageant sous l'eau est dessiné sur ce sachet. Et s'il s'agissait d'une algue spéciale pouvant vous conférer le pouvoir de nager plus vite et plus loin ? Alicia n'hésite pas un seul instant avant d'en mâcher une racine. Elle t'en tend une, que tu introduis aussitôt dans ta bouche.

Phénoménal ! Les battements de vos pieds et de vos mains s'accélèrent de manière spectaculaire. Et surtout, vous avez cette sensation étrange de sentir vos poumons se remplir d'air alors que vous vous trouvez à cinq mètres de profondeur sous la surface du lac ! Grâce à cette algue mystérieuse, probablement connue de civilisations anciennes, voilà que la statuette du cygne semble dans ta main aussi légère qu'une plume !

Il vous faut à présent trouver une issue.

Le grand palais immergé te paraît être la destination tout indiquée.

Vous êtes débarrassés des contrebandiers, vous rapportez une relique, il ne vous reste plus qu'à sortir sains et saufs.

C'est chose faite une fois dans le temple. Vous gagnez le quatrième étage, qui, lui, n'est pas noyé, et reprenez enfin votre souffle. L'algue vous aura permis de tenir sous l'eau durant au moins deux bonnes minutes !

Là-haut, un tunnel percé à même la roche de soufre vous conduit jusqu'à la surface. Vous êtes libres ! Tu as vraiment hâte de présenter la relique d'Hamsa à Macintosh, hâte de voir sa stupéfaction, puis sa satisfaction. Tu te sens déjà très fier.

00 : 00

Tu as survécu ! Bravo à toi pour avoir rapporté l'une des précieuses reliques du temple. Il en reste néanmoins trois à trouver, alors n'hésite pas à retourner dans le temple de Cetho Wukir !

07:20

C'est justement parce que tu as un tempérament de feu que tu saisis bien la différence entre la bravoure et le suicide. Et là, courir pour t'emparer de la relique, c'est prendre trop de risques, selon toi.

C'est donc avec la rage au ventre que tu te laisses passer la cordelette autour des poignets. Le regard d'Alicia est noir lorsque tu te tournes vers elle. Dois-tu y lire un reproche sur ton manque d'initiative ? Tu ne le sais pas.

Heureusement, le contrebandier ne vous attache pas les chevilles et vous emmène à gauche de la plage, un peu à l'écart. Là, il vous ordonne de vous asseoir et de vous tenir à carreau.

– Sinon on vous transperce ! hurle le chef de la meute, déclenchant ainsi le rire de ses acolytes.

La situation te semble délicate et, pour tout avouer, tu ne vois aucune solution immédiate. Tu en viens même à regretter ton inaction de tout à l'heure. C'est bien simple : ta déprime est telle que vous n'échangez pas un mot, Alicia et toi, pas même une parole de réconfort.

Jusqu'à cet instant où tu vois, devant toi, des bulles se former à la surface du lac.

Qu'est-ce que cela peut bien signifier?

Tu ne tardes pas à le savoir. Une tête de reptile énorme et hideuse émerge de l'eau. Puis ce sont les pattes et enfin le corps entier de la bête qui rampent sans un bruit sur le rivage.

Seuls Alicia et toi vous êtes aperçus de l'arrivée du dragon de Komodo sur la plage. Le monstre gigantesque avance silencieusement. Ses grosses pattes crissent à peine dans le sable.

Quelle stratégie vas-tu adopter?

Si tu as peur que cette bête carnivore change d'avis et s'intéresse à vous deux, tu peux crier pour prévenir les contrebandiers. Va à la page 184.

Si, à l'inverse, tu préfères rester muet et espérer que le dragon soit cet allié providentiel que tu attendais, va à la page 182.

02:40

Faire du monstre un allié, un comble si ton plan fonctionne comme tu le souhaites !

Alors tu restes muet, et Alicia, elle aussi, fait comme si de rien n'était.

Vous observez donc le monstre tandis qu'il se dirige vers les contrebandiers rassemblés autour de la relique. Et ce n'est que lorsque le dragon croque le pied d'un des bandits que la troupe s'aperçoit de sa présence. Aussitôt, c'est la curée ! Mais les flèches qui percent la bête ne font qu'attiser sa fureur et son appétit, et la voilà pourchassant plusieurs hommes en même temps sur la plage.

C'est le chaos, et personne ne semble plus vous prêter attention. Alicia t'aide à couper tes liens sur l'arête tranchante d'un rocher, puis tu lui rends la pareille. Vous voilà libérés !

Hélas, tu n'es plus en mesure d'aller chercher la relique sur la table de bois car tu croiserais à ton tour le chemin du dragon.

L'essentiel, à présent, c'est de vous enfuir et de retrouver la lumière du jour, sains et saufs.

Vite, vous vous précipitez vers vos bonbonnes à oxygène et récupérez dans le même temps vos masques et palmes. Vous vous équipez en gardant toujours un œil sur le monstre avant de plonger dans l'eau sans demander votre reste !

Il vous faut maintenant trouver une sortie. Le vaste palais immergé te semble offrir la plus grande chance de réussite.

Vous nagez rapidement vers l'édifice, puis gagnez le quatrième et dernier étage, qui, lui, n'est pas sous l'eau. Vous reprenez enfin votre souffle.

Là-haut, un tunnel percé à même la roche de soufre vous permet de regagner la surface. Lorsque tu sens l'ardent soleil réchauffer ton visage et que tu humes les odeurs végétales dans l'air, tu te dis que tu n'as peut-être jamais été aussi heureux de toute ton existence !

00 : 00

Tu as survécu ! Il te reste à retourner dans le temple de Cetho Wukir pour trouver une ou plusieurs de ces fameuses reliques !

02:25

Tu hurles, et Alicia joint son cri au tien.
– Attention, un dragon !

Mais c'est un bien mauvais choix que vous avez fait là. La bête, qui vous avait superbement ignorés jusque-là, tourne aussitôt sa gueule énorme dans votre direction et se précipite vers vous.

Sous les rires cruels des contrebandiers, le monstre vous happe, vous avale, d'abord Alicia, puis toi ensuite, et comme vous avez les poings liés, vous ne pouvez même pas rouer de coups l'intérieur de la gueule putride de la créature.

Le dragon de Komodo n'est pas réputé pour ces crocs très acérés mais plutôt pour ses capacités digestives. Tu l'ignores à cet instant, mais cet animal peut mettre jusqu'à trente minutes pour avaler une chèvre. Ce sera donc une ou deux heures pour vous deux.

Votre agonie promet d'être longue. Et douloureuse.

PERDU !

Pour retenter ta chance, retourne à la page 146.

BONUS

Un chapitre secret est caché dans ce livre... L'as-tu trouvé ?

Si cette aventure t'a plu,
découvre vite les autres titres
de la série !

30 minutes de lecture.

30 issues possibles.

Toujours plus de danger !

Panique en altitude

Tu es à bord du train le plus rapide du monde. Face à toi, un col de montagne si abrupt que les rails s'élèvent à la verticale. Le démarrage est brutal, l'accélération foudroyante. Soudain, un hélicoptère surgit et se pose sur le toit. Le train est pris d'assaut, tu dois réagir !

Piège en haute mer

Tu es en pleine session de surf au milieu de l'océan. Soudain, l'ombre menaçante d'un requin se dessine sous les eaux. Au même moment, une explosion déchire le rivage à quelques centaines de mètres de toi. Une énorme vague te projette en direction de la gueule béante du requin. Tu dois réagir !

Braquage sous haute tension

Tu patientes au guichet d'une grande banque. Du coin de l'œil, tu aperçois trois individus suspects qui se faufilent à l'intérieur. Soudain, le cri assourdissant de l'alarme retentit dans tout le bâtiment. L'un des braqueurs neutralise les caméras, un autre sort une grenade et vous ordonne de vous allonger face contre terre. Tu dois réagir !

Le zoo de tous les dangers

Tu es en vacances dans le plus grand zoo du monde. Soudain, la foule qui t'entoure se met à hurler et à courir vers les sorties. Un lézard géant se dirige à toute vitesse dans ta direction, la mâchoire claquante. Dans quelques secondes, la créature va t'écraser, ou pire... Tu dois réagir !

L'attaque du robot géant

Tu t'apprêtes à rejoindre tes amis dans le centre-ville. Soudain, la rue s'ouvre en deux juste devant toi, et un gigantesque robot en sort, prêt à tout détruire sur son passage. Et, malheureusement pour toi, c'est exactement là que tu trouves. Tu dois réagir !

Dans l'enfer de Fortnite

Le verdict est sans appel : tu es condamné à participer à la prochaine édition de Fortnite. Les règles, tu les connais : il n'y en a aucune. Parmi les cent joueurs présents dans le bus de combat, un seul en ressortira vivant. Tu n'as pas le choix, tu vas devoir te battre si tu veux sauver ta peau... Tu dois réagir !

Composition IGS-CP
Impression CPI Bussière en août 2020
Éditions Albin Michel
22, rue Huyghens, 75014 Paris
www.albin-michel.fr
ISBN : 978-2-226-44009-9
N° d'édition : 23345/04 – N° d'impression : 2052812
Dépôt légal : janvier 2019
Imprimé en France